85歳のひとり暮らし

ありあわせがたのしい工夫生活

SETSUKO TAMURA

田村セツコ

興陽館

85歳のひとり暮らし

ありあわせが
たのしい
工夫生活

ひとり暮らしはやさしい。

〈まえがき〉

「85歳のひとり暮らし」
タイトルをみて、
あらま。びっくり。
たしかに、
85歳のひとり暮らし
なのですよネ

ひとり暮らしって
なんか淋しそう ネ♡♡♡
たいくつしないのかしら◎◎
とか、ちょっぴり心配になるかも
しれませんネ
さあ、どーなのでしょう？
とりあえず
ページを ひらいて みてみて。

はじめに　今日も一日がはじまります。

今日もわたしの一日がはじまります。

気がつけばいつのまにか85歳になりました。
今、古いマンションのワンルームでひとりで暮らしています。
ずっと、この部屋で生活をしてきました。
街並みもずいぶん変わりましたね。
まわりの人も変わりました。

わたしは四人兄弟の長女で父も母も妹も先にいきました。実家の家族のだんらんはいつもにぎやかでした。

若いときは友だちもたくさんまわりにいたように思います。だからといってひとり暮らしがさみしいわけではありません。

毎朝起きたら、父、母、妹、先生、友だちと逝ってしまった人たちの名前をひとりずつ呼んでから一日がはじまります。

そうすることでまるでみんな

ずっとひとり暮らしをしていて部屋でイラストを描いています。いつのまにか、あらまぁ85歳になりました。

が今もそばにいるように思えてにっこりしてしまいます。

ときどき家族や友だちが、向こうにいってしまったから、きっと向こうの世界はにぎやかなんだろうな、と思ったりしています。

わたしが死んだらきっとお墓の中からボンジュールってみんなと再会できるんではないでしょうか。

楽しみにしています。


でももうしばらくはこんなふうにひとり暮らしを楽しみたい。

自分にできることを楽しもうと思っています。

今は東京の街を自由に毎日歩いています。

公園や道路を自分の家の庭のように、どこにでも出かけていきます。

工夫して服も家具もありあわせで自分で作るので、お金をあまり使わないです。

これからも、わたしらしく、楽しく自由にひとりの暮らしを続けていきたい。

わたしのひとり暮らし、今日も一日がはじまります。

カメラマンの後藤朋子さんにわたしの暮らしの写真を撮っていただきました。

恥ずかしいのですが、わたしのふだんの暮らしについて書きました。

この本を手にとってくださったあなたのこれからの暮らしの参考になればとてもうれしいです。

部屋の中には
手作りグッズがいっぱい。
工夫してつくった
雑貨がいっぱいあります。

目次

2 食事は簡単に—— 57

3

健康法は自分勝手 —— 97

4

服はありあわせ――125

5

忘れてもオッケー♪ — 143

6

年をとるのはおもしろい ―― 171

大切な本棚にはお気に入りの人形を並べています。
旅先で買ったお人形たちが
「こんにちは」。

1

ひとり暮らしはたのしい

朝は3時半に起きる

わたしの家には目覚まし時計がないんです。

若いときにはあったんだけど、音が鳴る前から気になって。

今は、目覚まし時計なしで自然と目が覚めます。

まず、3時半に目が覚めるんですよ。そして時計を見て、「あ、3時半だ。うれしい、まだ眠れる」と思って、また目を閉じる。

きちんと起きるのは6時半です。

6時半に起きたら、最初にお湯を沸かして、日本茶、紅茶、コーヒーのどれかを、適当にのろのろと淹れるの。

それをゆっくり一口飲んだら、新しい朝が来たという感じになります。

3時半に起きたときは、あまり気分が良くなくて、けっこう暗い気持ち。

「あー、みんなが眠ってるのに、わたしは目を覚ましてるって寂しい」って。

それって、年をとったからじゃなくて、若いときから。

小学生のときから、朝早く目が覚めると世間が静かで、「えー、何これ？ 宇宙でひとりぼっちじゃない」って思ってました。

それでもう一度眠って、6時半に目を覚ましたときは、なんていうのかな、新しい感覚になっているの。そして、お茶を一口飲んだら、目がはっきり覚めて、さらに新しい気分になります。

それから、テレビとかラジオのスイッチを入れるの。よく知っているアナウンサーとか、そういう人がしゃべっているので、すごくうれしくなるわ。

「みんな、こんな朝早くから一生懸命に働いてるのね。世の中の事件とか、早朝からちゃんと打ち合わせてるんでしょうねー」って思うと、しゃっきり目が覚めるのね。

それから「ポトン」と音がして、ポストに新聞が入ったことがわかる。

窓辺には、お気に入りの絵がたくさん。
朝から夜までの時間管理に大切な時計ががんばっています。

それはわたしの家庭教師なの。朝と夕方に来てくれる家庭教師。常識のないわたしに世間を教えてくれるのが新聞です。

コミカレ（＊池袋コミュニティカレッジ。「ようこそ！　田村セツコのハッピー絵画くらぶ」の講師を務めている）の生徒さんが、「その家庭教師には名前あるんですか？」って聞くので、「うーんそうね、ジェームスかしら」「あー、そうなんですか、英国人なんですか」とかいってね（笑）。

朝起きたらやること

朝起きたときに、ラッキーだと思うことを確認するのが
ハッピーな一日を過ごす秘訣。おもしろいこともたくさん発見します。

朝起きたとき、あたり前だと思ってることを発見しなきゃいけないと思っているの。
　だから毎朝、手足を確認して、手足が動いてるなんてうれしい、わーすごい。新聞を読もうと思ったら、ちゃ

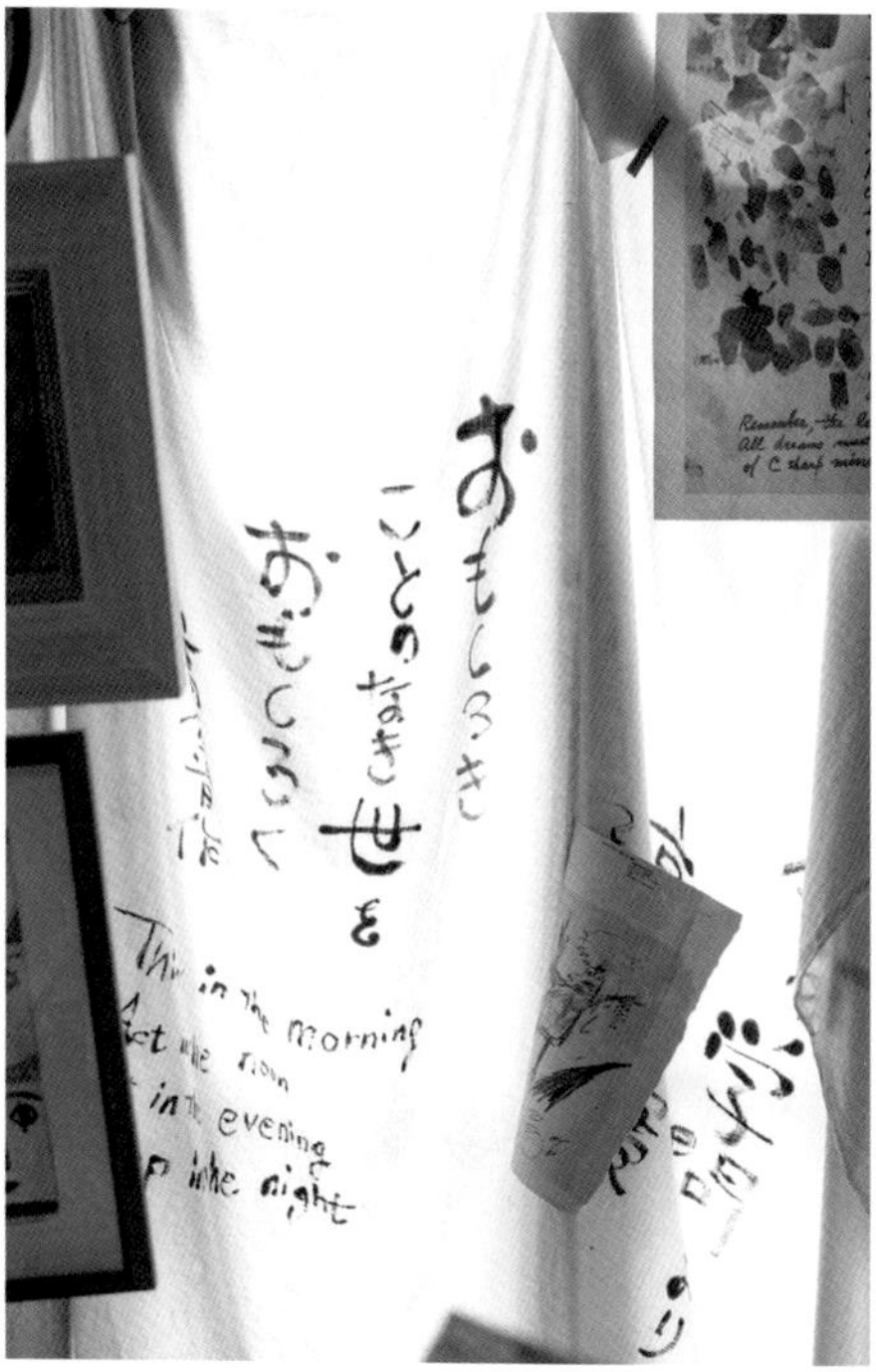

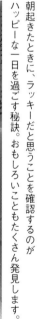

んと目が見える。やだ、耳も聞こえる。テレビやラジオをつけたら、音も聞こえる。

で、ゆっくり起きる。歩けてうれしい。うわーラッキー。

そういうことを毎朝確認して、うれしくなっちゃうんですよね。

それでまわりを見回すと、新しい日の光、新しい空気。水道をひねれば水が出る。ぜいたく。

そういう普通のこと、あたり前だと思ってることに気づいて、毎日喜ぶ。「やったー、ラッキー」って。

年をとったら、そういうことをあたり前だと思わないで、新鮮に感じる。そんなアンテナを張っているの。

魔法の言葉は「ありがとう、うれしい」だからね。なんでも「ありがたい、うれしい」と思うと、だいたい心配事がほとんど消えていくような気がする。

赤ちゃんのような気持ちで、毎朝まわりを見る。わあ、鳥が鳴いてるとか、虫がかわいいとか。

だんだん大人になったら、すごく感覚が鈍感になってきて、何に対しても驚かずに、あたり前だと思って過ごしちゃうじゃない？　それって、とてももったいないと思うのね。

お散歩は用事のついでに

わたしには、お散歩だけをするという習慣はないんです。

何か用事があるときに出かけて歩くっていうのが基本なの。

だから、いつも何かを兼ねているのね。ちょっと卵が足りないから、コンビニに卵を買いにいきましょうとか。

コンビニは大好きよ。

コンビニにはすごく助けてもらっています。行ったらなんでもあるので、すご

好きな言葉や
ひみつのメッセージを
書いて並べてます。

Alice in Wonderland
wonderland? Over the
just behind the tree
When clouds go rolling by
leave the sky. Where is
People can not see where can it be?
Where do stars go? Where is the cres
must be somewhere in the sunny after
Alice in wonderland where is the path
Wonderland over the hill or here or
wonder where.
作：ジェラルド・シブレイラス
訳・演出：大間知靖子
2022. 4/19 -24
山口眞司
田代隆秀
村中玲子
de Parf
「村上もとか展」
令和4年6月3日（金）14:00〜15:30
Single
Needle
Stitc
THE

く楽しいですね。

コンビニに行って、コンソメスープ、卵、バナナとか、ちょこっと買い増しして、その行き帰りが散歩になる。

それから、郵便局に行ってポストに郵便を入れたり、八百屋さんに行ったり。八百屋さんも大好きなの。

郵便局に行こうと思うと、途中に八百屋さんがあるのね。だから、ポストに郵便を入れる用事が済んだら、八百屋さんに寄って、玉ねぎやリンゴを買ったりするのよ。

そうすると、ちょっと荷物が重くなるでしょ？「ああ、これはリフティングにいいわね」とか思うの。歩くのにもちょうどいい距離で、のんびりのんびり歩くわけ。

9時半からやってるカフェもあるから、そこに入ってコーヒーを飲んだり、バリスタと「昨日は地震があって怖かったわ」みたいな世間話をするわけよ。

朝はだいたいそんな感じね。

散歩の途中でものを拾う

散歩をしているとき、いろんなものを拾うんです（笑）。

先日も、お教室の帰りに2つ3つ拾いました。

生徒さんに、「よくそんなものを見つけますね」と呆れられたけど、わたしが意識しなくても、目が勝手に発見するんですよ。

たとえば、そのうちのひとつは、ドライフルーツの干しぶどうの軸だったのね。見た目はゴミなんだけど、わたしとしては、オブジェの女の子の頭に貼り付けたら、その子のツノのような冠のような……。

「なんだろうこれ？」ってイメージが広がります。

道を歩いていたら、そういう意味でヒントになるような、使えそうなものが

わざわざ散歩に出かけずに、
用事のついでにお散歩するの。
コンビニも八百屋さんも大好き。
のんびりゆっくり歩きます。

たまには、
朝早くから開いてるカフェに寄って
バリスタとおしゃべりするのも楽しいし、
リフレッシュできます。

いっぱいあるのよ。ダンボールのかけらとか、いい形のポーズでいろんなものが落っこちています。

それを拾うと、まあ一般的にはゴミ拾いって感じになるんですけれど、わたしとしては、それらはみんな宝物なんです。

それを全部作品にいかそうなんて気持ちがあったら、がめつい感じがしますよね。でも、実際はそうじゃないのね。

人が踏んで潰しちゃったものとか、車の下敷きになった缶詰の缶とか、思わず拾っちゃいますが、それらは本当に素敵なんです。

アートとして自分が作ろうと思ったら、絶対にできないものが、街にはいっぱい落っこちています。

見つけたときはすごくうれしいわ。オッケーオッケーって思って、家に持って帰るの。

アパートのゴミを置く場所は、ゴミを捨てる場所ですけど、わたしは捨てに行って、逆にいっぱい拾って帰ってきます。

わたしのコラージュ作品をみて「材料費かかってないですね」とつぶやいた方がいました（ぷんぷん）。

掃除は小さなスペースから

お掃除については、1日2時間、掃除と片づけに費やすことを習慣にしているという先生がいらっしゃって、そのお言葉をメモして壁に貼ってあります。

たしかにそれを実行すると気分も良くなると思うし、部屋も片づいていいと思うわ。

串田孫一先生のお言葉にも、「気持ちがくさくさしたら掃除と片づけ。世界とあなたが変わります」っていうお言葉がありました。

それもメモして貼ってあるの。守るかどうかは別として、すばらしいお言葉だ

お掃除は、一度にパーッとやらずに小さなスペースから片づけていくの。毎日、ちょっとずつキレイにしていくのがベスト。

と思います。

わたしの掃除は、ある人から「一度にパーッとやると病気になる」っていわれたので、小さなスペースをちょっと片づけるの。「毎日それをやれば、いつか全体が片づくでしょう？」という尊いお言葉を守って、小さなスペースから片づけることをやっています。

出かけると情報が入る

たとえば、郵便局に行って帰ってくるだけで、目や耳からいっぱい情報が入ってくるのね。

たくさんの人に会うし、若い人たちの言葉も入ってくる。「まじか」とか、いろんな言葉が入ってくるでしょ。部屋に閉じこもっているよりは、ずっと刺激的ね。

近くの交差点に、何年も毎日じっと座ってるおじさんがいるんですよ。「交差点のこうちゃん」っていうあだ名をつけたの。そのおじさんは、誰ともしゃべらずに座ってる。

インタビューしたくてしょうがないんだけど、黙ってるのがお好きなのかな、とも思うわ。
先日、朝、そばを通ったときに、「おはようございます！」っていったら、「おっす」ってひくい声で返ってきたから、会話は、ちょっとはした感じかな。

もうひとり、そういうおじさんがいるんですけれど、「座って何してるんですか？」なんて余計なことは聞かないで、やはり「おはようございます」くらいがいいかなって思ってるの。

出かけると、そういうめずらしい人たちに会うから、「ああ、やっぱり用事を人に頼んで楽するんじゃなくて、お使いも自分でやるのがいいな」って思うのね。

わたし、銀行とか市役所って超苦手なんだけど、好きになろうと一生懸命に暗示をかけてるの。

そういうところって、自分に合わない空間、きれいなお行儀のいい空間でしょ？　でも不思議な場所だし、そういうところも嫌がらないで好きになろうと思って。

今は市役所も、お年寄りにすごく親切なんですよね。たまに町田市の市役所に用事で行くんですよ。郵便物がいっぱい入っている袋なんかを持って。

そうすると、「どういったご用件ですか?」って、係の人が来てくれるの。それがすごくうれしくて。

「これなんですが……」なんて見せると、すぐ「では、あちらの」って教えてくれる。

そういう苦手意識のあるところを好きになるようにしようって、日記に書いているわ。

言葉が出てこないときがあっても

ひとり暮らしで家にいるということは、誰かを相手にしゃべる機会がないとい

上：カフェ『シーモアグラス』のおいしいカレー。
下：お気に入りのスペース。

上：壁にお気に入りイラスト
下：描きかけの女の子

うことよね。

だから、わたしと同じ世代の人って、けっこうみんな言いよどむっていうか、言葉が出てこない。

もうわたしもそうなってて、しゃべり方がのろくなりましたね。

だいたい同世代のお友だちは、みんな同じようなの。考えながら、ぼとっぼとっとしゃべる。

それと、名前が出てこないとかよくいうじゃない。

そんなの、もうすごくざらで。わたしなんか、ほんとに「えーと、なんだっけ」っていうのはあたり前なんですよね。

だから、そういうことでショックを受けないようにしてるの。だって、それはあたり前のことなんだから。ＯＫＯＫ。

オープンな世界は美しい

わたしの家に、お魚の絵があるんです。

これは、あるキャリアウーマンの娘さんが描いたもので、プレゼントしてくださったの。

その娘さんは障害があるんだけれど、今ね、そういう障害のある方の知り合いがどっと増えているのよ。

たとえば、とても美しい21歳の青年がいるんだけれど、しゃべり続けて動き続けるの。止まれないのね。

その人のお母さんが、わたしのサイン会にその人を連れてきたのね。

聞けば、1年前にとつぜん高熱が出て、てんかんを起こして、起きたらこんな具合になっちゃったらしいの。

　こういうお母さんと息子さんの組み合わせが、他にもいっぱいいてね。ある息子さんが、葉っぱ、木、フクロウの絵をくれたのよ。こういう不思議な人がいっぱいいるのよね。

　だけど、詩人じゃないけど、何か天才的っていうかさ、何か脳がピューッと優れている部分があるわけじゃない？　すごく目を見はっちゃった。

　こういう人たちって、普通の優等生とは違うのね。たとえば、妙に几帳面で、カレンダーがないと計画が立てられないとか。

　葉っぱなどをくれた人のお母さんは、とても明るい人なのね。「お母さんがさわやかなので、ホッとしました」ってわたしがいったら、今はネットでこういうものを全部発表できるから、すごくいい時代なんだって。同じような立場の人とお友だちになれるんだって。

　そうじゃなかったら、閉じこもっちゃうじゃない？　お母さんと息子さんと。だけどわりとオープンで、「うちの子もそうです」ってことでお友だちができるらしいの。

スケジュールも教えてくださって、今日はどこに行ってヨガをしました、どこに行って散歩をしましたって。

この人とお母さんのすごく美しい世界だわ。


すみっこをきれいにしまいますね（笑）。

テレビやラジオで助かっている

朝は、モーニングショー的なものをＢＧＭ代わりにつけます。「眠いなー」って思っていても、キャスターの人たちはもう働いているので、いつもびっくりさせられます。

「みんな、朝早くから世の中のことにコメントがいえてすごい」とか思ってね。だから、テレビとかラジオはものすごく役に立っている。

ひとり暮らしだと、世間話ができないんですよね。その代わりに、テレビやラジオがいろいろと教えてくれるのよ。

そういうことに、「そのいい方はひどい」とか、リアクションを考えたりするの。

わたしの家にあるテレビは古くて、映りがガサガサしてるんだけど、これでも大助かり。

毎朝起きてテレビをつけると、いろんな事件とか、世界のこと、プーチンがどうとか教えてくれるじゃない？　そういうことも食事のおかずみたい。「ああ、映ってよかったわ」っていう感じよ。

テレビをつけると、いろんな人が出てきて、全員知り合いみたいに感じるわ。だからわたし、ひとり暮らしの女の人って、みんなそうじゃないかと思うの。特にラジオを信用してる人が多いみたい。

わたしはスマホができないから、テレビで助かっています。

PRIVATE PARADISE
SETSUKO TAMURA

裏方に目がいく

まえに、わたしが原宿を案内するというテレビ番組があったんですよ。

原宿には何でもある。古い八百屋もあれば、竹下通りもある。大きな公園もあるのね。

わたしのお気に入りの裏方はメモ帳です。

その撮影が、真夏のすごく暑いときで、死ぬ思いだったんです。それでちょっと一休みしたんだけど、そのとき公園で寝そべったのを撮られちゃったのね。本当に倒れちゃったのよ。それが番組で流れちゃったみたい。その撮影のとき、カメラマンの人を後ろから見たんだけれど、背中に大汗をかいてたんです。それを見て、大変だなーって。もう絶対に不満はいうまいって思ったわ。

わたしって、もともと裏方ラブなんですよ。仕事っていうのは、裏方がいるから成り立ってるんですよね。

このあいだ歌舞伎を見に行ったんですけれど、あまり主役の役者は見なくて、どうしても黒子のほうに目がいくのね。

以前父が、わたし宛の郵便に「田村セツコ先生」って書かれているのを見て、よくいってました。「本当の先生は編集の人だよ」って。「編集の人がなんでも教えてくれるから、やっていけるんだ」って。

わたしのことを心配していってくれたんだと思います。

電車やバスが好き

わたしは、必要に迫られて、よく歩くほうかもしれません。

電車に乗ったりバスに乗ったりするのも大好きです。

部屋でじっとしている仕事だから、移動するのがすごく好きなんです。

電車に乗って、座れたらとてもうれしいんだけど、もうどんどん進んで行くので本当にありがたい。素敵なガラスの部屋です。

バスが街のすれすれを走ったりするとドキドキします。

移動する乗り物は本当に大好き!!

暮らしはなんでもありで

わたしって、暮らし方にポリシーってないんですよ。

しいていえば、「自分で作る」っていうのがポリシーといえるでしょうか。

全然意識していないけど、結果的にそうなのかもわかりません。

そうですね、誰の真似でもないし、知らないあいだにいろんな応援団がいてくれて。

世の中の役に立って、真似ができないというのがいいんですよね。

具体的なことは、超具体的なことをのせている人気雑誌などに任せとけばいいと思うの。実用というか。

それでわたしの場合は、ちょっとそれとは違って、具体的なんだけど個人的に自由で、何でもありで。

気持ちを開放して生きるということかしら。

自分で自分をだます

このあいだお花屋さんに行ったら、いっぱい菊の葉っぱを捨ててあったの。

それで、「これ、もらってもいい?」っていって、もらったのよ。

そのとき、「どうするんですか?」って聞かれたから、「干して枕に入れるの。よく眠れるらしいわよ」っていったら、「ああそうなんですか」って。

農薬とか使ってなきゃいいけど、本当のことはわかんない。

だから、「すごくいいのよ」っていえば効いちゃうわけ。自分で自分をだましてね。

「これがすばらしいのよ」「神経を休めるのに役立つのよ」「目にも鼻にも耳にもいいのよ」とかいっちゃって。

だからわたしって、ペテン師といわれるのよね。

亡くなった人の名前を口にする

わたしは毎日、亡くなった人の名前を口にしてお祈りをしているの。

「お父さん、お母さん、ひろこ、ふじおちゃん、ふさこさん……」ってね。

みんな亡くなった人だから過去の人なんだけど、お祈りをすると現役になるんですよ。

その人たちに毎日応援してもらってる感じかな。

出かけるときに、「お父さん、お母さん、ひろこ、ふじおちゃん、ごにょごにょ……」って全部名前をいって、「行ってまいります」っていうの。

生きてるのと同じ。

お父さん
NAK ペッカー
KIちゃん

家族やお友だちの名前を毎朝、声に出して呼びます。そうするとみんなそこにいるようでうれしくなります。

my life

2

食事は簡単に

アドリブで食事を作る

「食事はどんなものを食べますか？」ってよく聞かれるんです。

「朝のワンプレートに、必ず何と何をのせます。スムージーも……」と、きちっとしたメニューを実行している人は素敵だなあと思います。

でも、わたしの場合は、毎日の食事のメニューは一切決まっていません。

朝起きたときの気分で、ということでもなく、そこにあるものをいただきます。

冷蔵庫を覗いたり、キッチンのまわりを見ると、前の日にいただいたもの、たとえばクッキーとかナッツとかモナカとか、そういうものがいろいろあります。

もったいないので、そういういただきものをアレンジして、それにサラダとか

毎日の食事のメニューは一切決めず、
冷蔵庫を覗いてそこにあるもので作ります。
アレンジがだいすき。

オムレツをつけ加える。

オムレツは自己流です。

わたしは玉ねぎが大好きなので、スライスしたものをいつも冷蔵庫に入れておきます。それをパラパラッとやって、そこに卵とジャコやナッツなどを混ぜたヘルシーなオムレツを作ります。

そういうオムレツなどをつけ加えて、毎日違うものを食べているの。

それはアドリブなんだけど、わたしはアドリブが大好き。アドリブとアレンジが生きがい。

きっちり決められたシステムにはしたがえない性格みたい？

わたしの朝食

わたしの朝ご飯は、コーヒー、紅茶、日本茶を一口ずつ目覚しに飲みます。

それから卵をコンコンって割って、そこにナッツとかお野菜、ブロッコリーとかを刻んで入れます。

あと玉ねぎも。玉ねぎは大好きで、それを刻んで卵に入れて、その中にご飯もちょこっと入れちゃって、それをオムレツにして食べるんです。

あとはリンゴをひとかけらとか、ありあわせのものをプラスして食べます。かってに少しずつつまんで、「わあすごい。栄養のバランスもいい」って自分で褒めて。ひとりごとで自分を褒める。「すばらしいです‼」と毎朝（笑）。

そんな感じで、朝はあんまり重くならないように、卵でとじたオムレツのバリ

朝食は重くならないように、
卵にナッツや好きな野菜を刻んだもの、
ご飯も少しだけ入れてオムレツにして食べます。
バランス重視です。

エーションみたいなのをちょっと食べます。

玄米を炊いて作ったおむすびとかも、いつでも食べられるようにラップして冷蔵庫に入れてあります。

白米じゃなくて玄米なのは、おいしいからということと、体にいいって昔からいわれているから。だから玄米は好きなんですよね。

前の日に、お鍋に玄米を入れてふやかしておいて、圧力鍋とかがないので、フライパンでとろ火でのんびり煮て、朝刊を読みながら、ちょびちょびって食べて、最後にお茶を飲んで。

ものすごい粗食です。

「ながら」で食べる

コーヒー、紅茶、日本茶。わたしはどれも好きです。

銘柄とかは決めてないんですけれど、コーヒーも好き、紅茶も好き、日本茶も好きだから、もう朝のうちに淹れてしまって、それをちょびちょびっと一口ずつ、一日中飲むの。冷めても平気で飲むんですよ。

少しずつというのは、何でもそう。一種類の食べものをいっぱい食べるということはしないのね。もともと猫舌なので、ラーメンとか、そういうものは食べられないんです。人と食べるとなかなか食べおわらなくて、結局、半分残っちゃうからもったいなくて。

外食しても持ち帰ります。お持ち帰り。あまりたくさん食べないっていうか。

お料理は簡単にパパっと作ります。
ご飯は満腹にならないようにゆっくり
ちょこちょこといただくことにしています。

たっぷり食べると、眠くなったりして。

さすがに、1時間かけて食べたりはしないけれど、まあゆっくり、ちょこちょこ食べます。

だから、うちの母などは、わたしが食べるのを見て、「早く食べちゃいなさいよ」っていわないで、「早くついばみなさい」っていってました。「小鳥が食べてるみたい」っていって。

あまりいっぱい食べないようにして、そのあいだにメモをとったり、新聞を読みながら切り抜いたりするの。

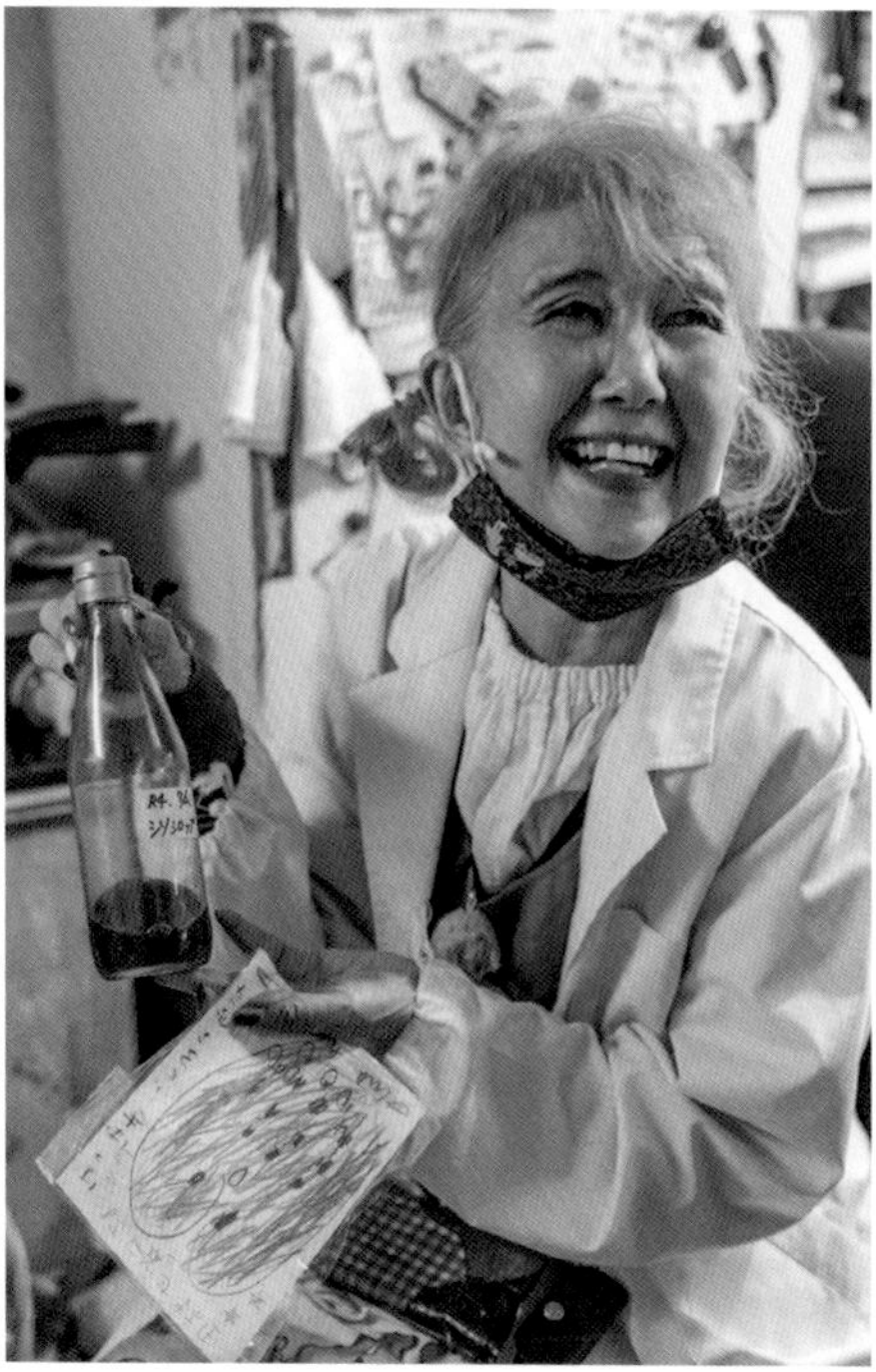

料理は白衣を着て、お医者さんになった設定で作ります。とにかくバランスが大切。お酒もほどほどにいただきます。

「ながら」ですね。

気分転換に白衣を

お料理をするとき、たまに気分転換に白衣を着るんです。

なぜかっていうと、お医者さんのつもりになれるから。

栄養のバランスを考えるときに、白衣を着て、「ビタミンが足りないみたい」とか、「甘いものはあんまり食べないで」とか、「5時を過ぎたらお酒を飲んでいいでしょう」とか。

お酒については、毎日じゃないほうがいいっていわれますよね。検討していきます。休肝日を。

あとね、効き目のある忠告があって。

ちょっと自由人の男の子がいて、その人からいわれたの。

「毎日飲んでるセツコさんが、いい気分になってるぶん、肝臓は一生懸命に働いてるんですよ」って。「だから、肝臓もちょっと休ませてあげて」って。

わたし、難しい話がわかんないから、わかりやすくいってくれたのね。

「そうなの。知らなかったわ。肝臓くん、ごくろうさま」。

玉ねぎ1個あればいい

わたしは、いつも5時を過ぎたらちょっと飲むんです。お酒をいただくの。

お酒が好きってことで、お友だちがプレゼントしてくれたり。

ちょこっとお酒を飲むと、何でも他のものがおいしく感じるのね。何を食べてもおいしいのよ。

玉ねぎを筆頭に
ジャコやオカカ、
ナッツやクルミなどが
お気に入り。

玉ねぎ1個あれば、スライスしたり、炒めたり。粉をつけて天ぷらにしてもいいわね。大活躍!!

玉ねぎくらい便利なものはなくて、そこにちょっとジャコとかオカカをプラスします。ナッツやクルミも好きなんですよね。

普段の生活では、お料理や仕事をしたりで落ち着かなくて、一箇所にずっと長くいないのね。あっちをやったり、こっちをやったりします。それが運動になってるのかなって、自分では思っています。

家の仕事っていうのは、ほとんど脳トレと筋トレになっていると思うの。

主婦の人は、お家でやる仕事は全部が全身運動よ。あれはどこにやったかしら、あれが足りないから買ってこなきゃ、とかっていうとき、脳トレがすごいんですよね。

あそこの店は安いからそこにしようかとか、でも店員さんの愛想が悪いからあっちにしようかとか。脳があれこれ運動していますね。

お年寄りは、このアパートでも「あ、今日はヘルパーさんが来てくれるから」っていって。そういう人はお料理も全部作ってくれて、お掃除もしてくれるのね。

わたしがそういうサービスを何も頼まないから、「あなた、お願いしなさいよ。70歳とかを過ぎたら、なんとか保険が使えるのよ。保険料、ちゃんと払ってるんだから」っていわれるの。

だけどまあ、それは素敵だとは思うけれど、動けるうちは自分で動きたいわ。手と足が動けば、それなりに間に合うので、なるべく自分の体と頭を使おうかなと思っています。

人にやってもらって、ソファに座ってテレビを見てると、かえって腰とかどっかが痛くなるかもわかんない。やっぱり動いたほうがいいかなって。

お使いなんかも、人に頼むと簡単で、郵便とか銀行とか、「お願いね」ってやってもらったら、すごくいいとは思うんだけど、わたしは自分で行くんです。

忙しいとき、ちょこまか出かけるっていうのは、たしかにどうかとは思うけれど、いい運動と気分転換になりますね。

メニューは決まっていない

わたしのお昼ご飯は、朝の残りに何かをプラスするの。

お菓子とかクッキーとかをよくいただくのね。もったいないから、そういうものをぽりぽり食べたり。

お昼はね、お散歩を兼ねて郵便局に行ったり、絵の具屋さんなんかで買い物をして、カフェに入って、ちょこっと何かを食べたりもして。

要するに、朝はこういうもの、昼はこういうもの、夜はこういうものってきちっと決めてないのね。あるものを食べるの。

ありあわせっていう言葉があるじゃない？　ありあわせのものを食べるから、メニューは決まってないの。

でも、好きなものはありますよ。

魚だと、ジャコと山椒が入った佃煮とか、ああいうのが大好きなんです。出かけたときにデパ地下で興奮して買います。

あとはそうね、お酒のつまみみたいなのが好きかな。干物を炙って食べたり。

コンビニで売ってるゆであずきも大好きなの。朝、蓋を開けておいたら一日中楽しいんですよね。ちょっと疲れたときにちょこっと一口食べる。クセがなくておいしいの。

あずきは体にいいってことはわかってるし

コンビニでも売っているゆであずきの缶詰が大好物。疲れたときに少しずつ食べると気持ちが安らぎます。

ね。これは1個あったら一日中楽しいわ。

ありあわせは後味がいい

カップラーメンって、一年に一度も食べないわね。

でも、何かのときに食べたらおいしくてびっくり。味つけが見事。傑作です。

おむすびでも、明太子とか、いろんな味があるのね。

気分転換にシソ梅っていうのを買ったけど、感動しちゃった。おいしくて。

メーカーの研究所のみなさん、それこそ白衣を着て、毎日味見をして作ってるのよね。だから、あれも作品だと思って感動しちゃう。

昔、インスタントラーメンが流行ったときも、一日中研究して作ってたのよね。乾いた細かいおねぎがついてたりするじゃない。もう大感激。

これは作品なんだって思って、メーカーの人たちが一生懸命に工夫して作ってるんだって、尊敬して食べてます。

でも、そればっかりはよくないと思う。あたり前よね。偏食はよくないもの。健康にいいからって、ずっと同じものを食べて体が悪くなる人って多いと聞いたことがあるわ。

肉を毎日食べたら健康になるっていう話があって、毎日食べ続けたら、逆に体が悪くなっちゃったって。

決めつける考え方ってあるじゃない？　肉と赤ワインで100歳まで生きてる人がいるから、それがいいんだとか。

まあ、あんまり決めつけなくてもね、その人はその人で、それが合ってるんだなって思えばいいんじゃないかしら。

わたしは、ありあわせのものを食べるのが好きで、おいしく感じるの。食べおわったときにも、後味がいいっていうかね。

酢づけのラッキョウっておいしくて体にもいい。
万能野菜の玉ねぎはスライスしたりして、おつまみにもってこい。

はっきりとは決めずに、完璧にゴージャスなものを食べるんじゃなくて、ちょこちょこのほうが、進行形のメイキングっていうのか、まだ途中っていうのか、すごく楽しいのよ。

アレンジが大好き

わたしの家には、ラッキョウを酢に漬けたものがあるの。
それは、知り合いの飲み屋のママが漬け

てくれたのね。

それと、赤シソのシロップもある。「漬けて店に置いてあるから、取りに来るように」っていわれたんですね。

わたしはアレンジが好きだから、酢のラッキョウにシソのシロップを入れて、玉ねぎも刻んで入れているの。

そうしたら全体がピンクで美しくておいしいの。すーっごくおいしい。ここにジャコを入れてもいいでしょ？

いただいたものを自己流にアレンジするのって楽しいわね。

母の介護をしていて三度三度の食事を作ってたとき、すぐこういうことをするから、母に、「すごくおいしいんだけど、この上のほうのトッピングをやめてくれる？」っていわれたわ。

ふわふわしたものの上に、くるみとかピーナッツとか、ごそごそしたものをのっけるのをやめてほしい、食べにくい、っていうの。ふわふわこりこりで、食べにくいっていわれてね。

そういうクレームが懐かしいです。「悪いけど、トッピングとかいうのやめてくれる?」っていうクレームが。

粗食が好き

おかげさまで、わたしはあまり体の調子が悪いということはないの。今のところ薬もサプリも飲まずに、自分で作ったへんてこな質素な食事を食べています。

いつも食べすぎないように注意しているのね。過食がいけないらしいんですよ、全体的に見渡してみると。

食べすぎって、余計なエネルギーがろくなことをしないらしいわね。だからちょっと少な目に。昔から腹八分目といいますけど、ちょっと少ないくらいでストップしています。

それと、贅沢をしない性格なので。育った時代もあると思うけれど、質素な食事で満足する子どもに育ったんです。

ものの足りない日本だったし、農家に疎開なんかして、本当に不自由な食生活を送っていました。

だけど、おかげで何を食べてもおいしいっていうか。

なかには、その反動で、大人になってからグルメになって、セレブな生活に憧れてるっていう人もいるかもしれないけれど、わたしの場合は本当に質素が好きになっちゃった。

大人になってから、「やれフレンチだ、やれイタリアンだ」とかいって素敵なレストランを巡る人に、たまにはつき合うけれど、1回食べればだいたい「うんうんわかった」っていう感じね。「オッケー、オッケー」と満足しちゃうんですよね。

日常生活では、ワンプレートにパンかご飯の主食をちょこっと置いて、その日にある野菜とか、ナッツとか、ドライフルーツとか、ピクルスとか、魚を炙った

バイキングスタイルが大好きなので、
ワンプレートに主食、野菜、ナッツ、
ドライフルーツなどを置いていく。
いろいろなものを少しずつ。

ものとかを、まわりに置くの。
ホテルのバイキングってありますよね。ああいう感じが好きなんです。
いろんなものをちょっとずつ食べるのが好きだから、自分で勝手にバイキング
システムにして、食べたときにすごくおいしいって自分で褒めています。

胡椒などのスパイスやオリーブオイル、ハチミツをよく使います。
全体的に塩分が高くない食事を作っています。

塩辛いものは家にはない

わたしの食事には、あまり塩辛いものってないかも。

ピクルスとか、ちょっと濃い味のものや、人からいただいた梅干しとか、つくだ煮とか。少しアクセントになるものはあるけれど。

全体的には、あまり塩分は多くないと思います。

あと、スパイスが好きなんですね。胡椒が好きだから、上からパラパラパラッとふったりするの。

それと、オリーブオイルをちょっとたらしたり、仕上げにハチミツをトロッとつけたり。

そんな感じで、自分的にはすごくバランスがいいと思って。

「いいね」。そんなふうに自画自賛して食べています。満足しておいしいって思えば栄養になるし、「こんなものなんて」って思うと毒になるって、ヨガの本か何かに書かれていました。

おいしいとか感謝の気持ちとか、ちょっとお坊さんみたいだけど、でも本当にそうだと思います。

それほど健康のことを考えて食べ物を選んではいないけれど、健康に合っているものを自然に選んでいるみたい。オリーブオイルとかナッツとかね。そういうものってうれしいわ。

結局、自分のことをペットみたいに思って、ペットに餌をあげてるって感じかな。よしよし。

この子にはこういう食事が合ってるとか、自分で考えて食べてるから。

お酒が好き

お酒もちょっと飲むんですよ。

あまり昼間は飲まないようにして、5時を過ぎたらちょこっと飲む。

そういう掟を自分で作って許してあげてるの。夕方になると、やっぱり仕事も気分転換したいし。

だから家にいても、5時を過ぎたら少し飲みます。

わたしがお酒好きだということで、ワインとか日本酒とか、いっぱい贈り物が届くのね。

そんなのをちょびっと飲むと、リラックスできていい気分になります。百薬の長っていうのは当たってると思う。

お酒は百薬の長。5時を過ぎたら、ワインや日本酒をちょこっといただきます。
リラックスしてよい気分転換になります。

精神安定の薬の役割を、それが果たしてくれるんでしょうね。

家ではグラス1杯くらいかな。外にいたら、人との話で夢中になってもっと飲んだりするけれど。

お酒のつまみ

実家に帰ったら、母が作ったらしい果実酒があるんです。

家で焼酎に漬けたりするのって流行りませんでした？

実家には、柚子とか梅とか、アロエもありました。瓶に入っていて、テーブルの下から出てきたの。

それを今、実家に帰ったとき、ちょびっと飲んだりしています。

母の思い出とか、ああこんなの一生懸命作ってくれたんだとか、いろんなことを思い出しながら飲んだり。

そうすると、おつまみも、何でもおいしく感じるんです。わざわざ特別に作らなくても、ジャコとか煮干しとか、アーモンドやくるみちゃんをコロコロッとフライパンで炙ったりして。乾き物系ですね。

ひとりで食べることを楽しむ

外食で、カレーやハンバーグなども食べたりします。

でもやっぱり、わざわざ外で食べなくても、自宅でありあわせのものをつまんで、新聞を読んだりするのがすごく楽しいわ。

ひとり暮らしのおばあさんやおじいさんって、食事が寂しいんじゃないかってみんな思うんじゃないかしら。じつはわたしもそう思ってました。

でも、若いときに、人と食べたり家族と食べたりしているから、誰かと食べるっていう気持ちは、もう十分味わったわけですよね。

だから、今はひとりになったということで、ひとりはひとりで楽しんだらどうかなって思うの。

作家の森茉莉さんがグルメみたいで、おしゃれなエッセイをいっぱい書いてらっしゃるじゃない。

なんだかフランスのことばかり書かれているから、ずいぶんおしゃれなものを食べてらっしゃると思うんだけど、ひとり暮らしになられたら、どこどこ屋の鰹節を入れたお味噌汁とカレイの干物で、ご飯の上に何か甘いものをのせて、上からお茶をかけるとかね。

だいたいどこのおばあさんでもやってるような、ものすごく質素なものを召し上がっているの。

それを自画自賛して、とてもエンジョイするわけ。「これはもう極上だ」なんて。「しなびたお花なんか飾ってあってもパリを思い出す」とか。アネモネのことを「アヌモーヌ」なんて書いてらっしゃる。

そうやってご自分でエンジョイしてるのね。

少食が体にいい

大雑把にいって、健康な人ってあまりたくさん食べないですね。

でも、いっぱい食べないと元気が出ないって思っている人、けっこういるんですよ。

上：お風呂に絵を描きました。部屋に絵を描くの好き。
下：キクの葉っぱを干してまくらに。

そういう人って、食べたくもないのに「食べなきゃ、食べなきゃ」って思って、「力がつかない」とかいって、ご飯をいっぱい食べたり、お肉ももりもり食べたりするんですよね。

そんなことをしたら、過剰なエネルギーが悪さをするって思うの。

だから少しの分量を、よく噛んで、ゆっくりと食べる。それを守るとだいぶ違うと思うわ。

わたし自身の話なんだけど、子どものときから食が細くて、「スプーン1杯のおかゆを食べさせるのが大変だったわよ」って母がよくいってました。

おかゆを口に持っていくと「んー」、また持っていくと「うー」っていって顔を横に向けて食べなかったの。大人になってからも、仕事をしてるときに「もうちょっと食べなさい」ってよくいわれました。

「あんたって、小鳥がついばむみたい」って。それくらいあまり食べない。

それって、もしかしたら胃の負担にならなくてよかったのかな。

2

食事は簡単に

私の部屋は本がいっぱい。
みんな応援団なの。

TELEPHONE
8勝目 ワンマン翔time
160キロ超■10K■決勝タイムリー■盗塁
Oh lala!

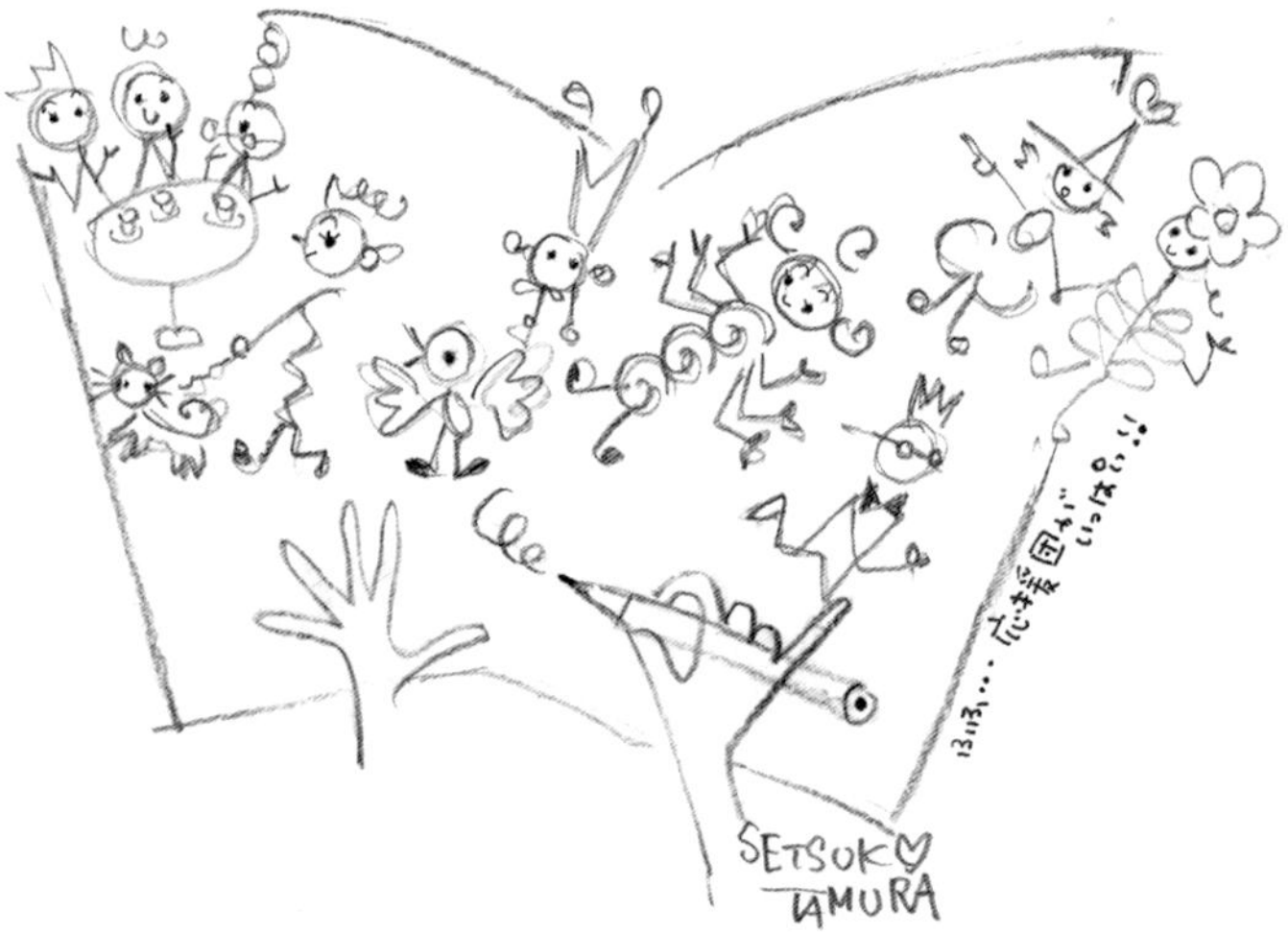
ふふふ・・・応援団がいっぱい!!
SETSUKO♡
TAMURA

3

健康法は自分勝手

紙と鉛筆の健康法

わたし、身のまわりのものを自分の応援団と解釈するの。なんでもわたしを助けてくれるって。

紙と鉛筆もそうです。メモをとると気持ちも落ち着いてくるのね。いわばアート健康法。

そして、紙と鉛筆は自分のチーム応援団。なんでも正直に書きまくると胸がスッとします。

スポーツ選手が、「応援ありがとうございます」とか「応援よろしくお願いします」とかいうじゃない？　それってスポーツ選手だけじゃなくて、わたしたちも、気がつけば応援団に囲まれてるわけですよね。

生きてる人も、亡くなった人も、お友だちも、みんな「ああだ、こうだ」なんていわないけど、応援してくれてるんですよね。

それは気がつけば応援団なんだけど、気がつかないと誰もいないの。自分ひとりなんです。

だけど、あの人も応援してくれてる、この人も応援してくれてる、ありがたいってね。有名人でも、本の中の人物でも、お気に入りはみんな自分を応援してくれてると解釈すればいいの。

そうすると応援団が

紙と鉛筆は大切なもの。自分にとっての応援団です。メモをとるとなぜだか心が落ち着きます。

いっぱいになるので、なんだか心がポカポカしてきます。

少しゆるいほうがいい

健康法って、ほとんど暗示だから。それがいいって信じていれば効くわけじゃない？

だから、みんな自分で勝手に決めればいいのよ。「これが体にいいんですよー」って。

信じることが大事よね。「わたしにとっては」これが効く、みたいな感じで。

十人十色で、みんな体質が違うから。

多くの人が健康に興味がありますよね。

週刊誌なんか、もう毎号健康のことばかりじゃない？　不安を煽るみたいな記事も多くて。これはいけないとか、あれはいけないとかね。

お友だちのひとりは、毎日ラーメンを食べてるらしいのよ。タブーに挑戦してるのね。食べたいもの食べればいいんだよって。

ストレスを感じながらラーメンを食べずに、5年くらい長生きするよりも、ラーメンを好きなだけ食べて、5年くらい早く死んじゃうほうが幸せだって。

それってわかるわ。だけど几帳面な人は、いろんなことを守って、かえってストレスになってる。

真面目すぎて、いつも具合の悪い人っているのよね。少しゆるいほうがいいみたい。

夢はベッドルームをワンダーランドにすること。
あれやこれや想像すると楽しみでしかたがないです。

寝たきりになったら、ベッドサイドパラダイス

もしわたしが寝たきりになったら、ベッドの中でお散歩して、頭が異界の人々とつき合うので、とても賑やかになると思うの。

うわごと、つぶやき、波動が広がって、生きてる人、亡くなった人、いろいろな人とね。

寝たきりになると頭がとても活発になる。一晩に相当なボリュームの情報がダン

スをしている。スイングしている。

だから、寝たきりになるのも楽しみなわけ。寝たきりになったら、ベッドルームをワンダーランドにして、そこで仕事をしたい。

かごに絵の具や何かを入れて、ベッドのそばに置いて絵を描いたりね。

これって新しい分野だわ。いわば、ベッドサイドパラダイス。

紙おむつを楽しもう

紙おむつって、これからの大きなテーマだと思っています。

紙おむつを楽しむのよ。これ、体験したからいえるの。

母が亡くなって、紙おむつがあまってたんですよ。市から支給されたものが。

もったいないなと思っていたんです。

サイズがちょっと大きかったんですけど、ある冬のすごく寒い日に、「そうだ、あれちょっと試してみようかな」って思って、身につけて出かけたら、軽くてふんわりしてあったかくて。あらま。びっくり。

中でおしっこをしたりはしないけど、ただ当てただけで、こんなに楽しいものだとは思わなかったの。全然トイレがないような場所に行ったときには安心だし。

コミカレでわくわくしてみんなにそれを説明したの。紙おむつはおしゃれだし、安心だし、優しいし、すばらしいって。

一番はじめに考えた人は偉いと思うわ。昔は布だったから、洗濯して干して使うわけ。大変な手間なんですよ。

そんなことをとくとくと語ったらね、スマップの草なぎくんが男性用の紙おむつを宣伝してるっていうの。

びっくりして、「えー、知らなかった！　誰も話題にしてないと思ってた」っていったら、「もうちゃんと宣伝してます」って。男性用を。

男性は、お仕事で長時間ずっと車を運転したり、過酷な場所に行って、トイレも何もないところで仕事する人もいるでしょ。そんな人はすごく重宝しているみたい。

まあ、買うのが恥ずかしいという気持ちが起きるかもしれないわね。

でも、今はコンビニとかスーパーで売ってるから、とても買いやすい。

いろんなサイズがあって、なんとかショーツっていってね、きれいなパッケージになっていて、とても買いやすくなっているわ。

自分で使うっていうよりは、親に頼まれてという感じで買うといいわね。

お店のほうも、すごく気を使って、外から見えないような袋に入れてくれたりするの。

いろんなタイプもあるのね。大した文化だと思うわ。

だからみなさん、恥ずかしがらずに紙おむつをしましょう。

あまり開けっぴろげにいうのもおかしいけど、でも本当に微笑ましい日用品として扱ったらいいんじゃない？　キッチンタオルとかの紙製品とおんなじよ。

紙おむつだったら使用後に捨てちゃえる。臭いもしないし、丸めて捨てちゃうっていうのはなんとも贅沢。

精神衛生的にもいいわよね。健康的で気持ちのいいものです。

そのうち楽しいイラストやメッセージ入りのデザインも出てくるかも？

指揮者健康法

誰か人がいてお世話にならないと、楽しくないとか寂しいっていうのは、子どもの気持ちじゃないかしら？

おばあさんはもう大人なので、自分で自分の面倒をみれないと、人に迷惑をかけると思います。

自分のことは自分がよく知ってるので、こういう気分のときは、ちょっと本を読もうかしら、テレビを観ようかしら、それともラジオをつけて、音楽に合わせて体をゆすってみようかしらとか。

個人的には、音楽の指揮者にすごく憧れていて、お芝居を観に行っても、そのオーケストラの指揮者のほうをうっとり観てるほどなんです。

ラジオやテレビから音楽が鳴ったときに、指揮者の真似をしたりするの。手を振ってね。

すっごく気分が変わって、体も元気になって、体操としてはラジオ体操よりもおもしろい。これ、おすすめよ。

みんなは検査好き？

病気って不思議ね。病気のデパートといえるほどいっぱい持ってる人もいるし、病気になっても気づかない人もいるし。

年配の人が何人か集まると、病気自慢じゃないけれど、「俺はどこが悪い、この前検査したらなんとかだった」とか、「血圧がなんとかだ」とか。女の人だったら「骨がなんとかなの」とかいったりしているのよね。

そういう話をみんながしているとき、わたしは別のことを考えてる。つまり、あまりよく聞いてないんですね。

すっごくみんな、検査好きなんだあと思って。

でも、それは好みの問題ですよね。

調べて調べて、病院に行ったりお医者様と仲良くなって、いろいろ教えていただくのが好きだったら、それはそれで楽しいと思うわ。

ずっと検査を受けていない

わたし、最後に検査を受けたのって、いつだったかしら？

交通事故で、女の人の車にボーンとぶつけられて、その人の車で病院に行って、脳波をとったりしたとき以来だから。

ああ、あれは75歳のときだったから10年前です。それ以来行ってないんですけど、そのとき、すごく素敵な脳神経外科のお医者様が、レントゲン写真を前にして説明してくれたの。

そのときのわたしって、もうすごかったんですよ。コブができていて、足なんか血だらけで。それで、「先生、いかがでしょうか？」って聞いたの。

そうしたらその先生が、「んーそうですね、脳は50歳とか40歳くらいかな」とかいうの。そのときの脳の状態をね。

で、わたしががっかりして、「え〜、そんなに年をとってるんですか?」と聞いたのよ。

すると先生は、「失礼ですが田村さん、75歳で脳が40歳っていわれたら、ふつうは喜ぶんですよ」って。

「あ、そうなんですか、すみません」っていっちゃった。

あのとき以来行ってないわね。

病院に近づかないのが健康法

最後に健康診断を受けたのは、29歳か30歳くらいのときじゃないかしら。

だから、ずっとあとになって、市役所の人が二人で、保険証を使わなすぎるってことで、実家に調べに来たの。

二人ともきちっと背広を着て、「市役所の者です」って。

わたしはエプロン姿で、ハンコを持って玄関に出て、「どういうご用件ですか？」って。

そうしたら、「あの、田村セツコさんはいかがなさってますでしょうか？」って聞かれて、「わたしですけど」っていったら、二人とも「そうなんですか、どうも失礼しました」って。

「ご用件は？　どこかハンコを押すんですか」って聞いたら、「いやそうじゃなくて、失礼ですが健康法はなんですか？」って。

それで、「そうですね、健康法ってないんですけど、あまり病院に近づかないようにしてるんです」って答えたら、二人とも笑ってしまって。

すぐ近くに立派な市民病院があるの。だから「そこに近寄らないの」っていったのがおかしかったみたい。

病院にはね、家族がお世話になっていたからよく出入りしてました。

病院そのものはすごく好きなんですよ。清潔で、白衣の人たちが忙しく働いている。あの感じってすごく素敵なので、だから毎日毎日行くのは苦痛じゃなかったです。妹や両親のつき添いで。

自分が診てもらうのにはためらいがあるのは、たぶん、臆病なのかも？

徹夜仕事はしない

19歳か20歳くらいのころ、過労で倒れて、集英社の人のお父様が院長先生をしてらした病院に行ったことがあるんです。

心電図を取ったら、心臓がときどき止まりかかったの。「つ――――」っと。これって、雨だれ式っていうんですって。

「えー、なんですかこれは？」って聞いたら、睡眠不足による過労っていう話になって。

うちの父が心配して、「先生、心臓が弱いってのは知りませんでした。どのようにに鍛えればよろしいんでしょうか?」って聞いたら、お医者様は「心臓は不随意筋ですから、鍛えることはできません」とのこと。

「ちなみに、この体力で大きな荷物を持って、睡眠不足で駅の階段を上ったら死にます」っていわれたの。そういうことをしないようにと。

だからそのとき、睡眠不足にならないように、「徹夜仕事はしない」って決めたんです。

困ったときは脳が喜ぶ

今は、二人にひとりはガンになるんですって?

かわいいお人形がお気に入り。

睡眠不足は健康の敵。
今までの経験上から、
どんなに忙しくても徹夜仕事はしないと決めてるの。

怖いわよね。だから、ちょっと寒くなって咳をしたりすると、「え、肺ガンかしら？」とか思うこともあるけど、わたしって、しばらくしたら忙しくて忘れちゃうの。

ガンの検査をしたことはないわ。だけどまあ、タバコとか吸ったりするとよくないとか、基本的なことは守っているから。

ガンだけでなく、脳卒中も怖いわよね。でも、脳卒中ってなんだろう？よくわかんないけど、脳の病気なんかは、あまり追い詰めるっていうか、理詰めでキリキリやっていると、キーンってなっちゃうのかな。

作家の先生でも、脳卒中になった人がいるし、何か限界を超えちゃう緊張感がいけないんじゃないのかしら。

キリキリと神経が疲れたら、脳学者の茂木健一郎先生の「困ったときは脳が喜ぶ」っていうお言葉が浮かんでくるの。

「あ、今困ってるけど脳が喜んでて、ああしようこうしようって、活発に動いてるわ」って思うことにしているわ。そうやって、ストレスをあしらってる感じ。

深呼吸は簡単健康法

「呼吸は魂に栄養を与えます」って聞いたことがあります。

深呼吸などは、本当にいつでもどこでもできるなあと思いますね。

呼吸をするたびに、臓器がマッサージされるんだといった話も聞きます。

気楽な状態だと、筋肉は弾力性を持って総合的に作用するそうね。反対に、緊張すると体が硬くなって、肩こりがするとかね。

骨を生き生きさせると筋肉も皮膚も生き生きする。

ある男性のダンサーは骨をすごく意識していて、骨を鍛えているそうね。

なぜか竹のかごがすき。

無理に若さを求めない

年をとったら、無理に若さを求めない。これはとても大切なこと。

老いを楽しむことが一番だから。無敵です。

それは、アンチエイジングとか、若づくりとか、手術でシワを取るとか、そういうことじゃないの。そこを多くの人が勘違いしてるかも。無理に若さを求めないのが楽しむコツ。

シワに対しても、「なんだか笑っちゃうわ〜。こんなにシワが増えるなんて」ってね。

わたしも唇の上に縦ジワが寄ったら、鏡を見て笑っちゃうんですね。なんだか長谷川町子さんの漫画みたいで。いじわるばあさんは縦ジワが寄ってるの。だからもう、しばらく笑っちゃうの。いじわるばあさんの口と同じになっちゃったって。

とにかく、無理に若さを求めないことで、ＯＫＯＫ。

おおらかに受け止める

曽野綾子先生のエッセイを読んでいたら、病気とのつき合い方が書かれていたの。

あまり熱心にしつこくつき合うと、病気が出ていってくれないけれど、あっさりつき合うと、離れてくれるってところがすーごく気に入りまして。

ある程度おおらかに受け止めるってことかしら？　あまり気にしないで。

そういうときは、気を散らすっていうか、ご機嫌になれるアイデアをいっぱい持ってると、気を紛らわせる。

こんなときはとりあえず拭き掃除するると気持ちがいいとか、人によっていろいろあるのよね。針と糸で縫いものをすると気持ちが落ち着くとか、マニキュアを塗り替えるとか。ていねいに歯みがきをするとか。

そういうことで気持ちを紛らわせてあげる。

病気のことばっかり考えない。病気以外のことを考えるようにするということね。自分のごきげんのとり方を知ることは大事かもね。

健康な体をくれた親に感謝

わたし、こんなにおばあさんになるとは思わなかった。

長生きして体が丈夫っていうのは、やっぱり親のＤＮＡが大きいから、「お父

古いイスのお色なおし。

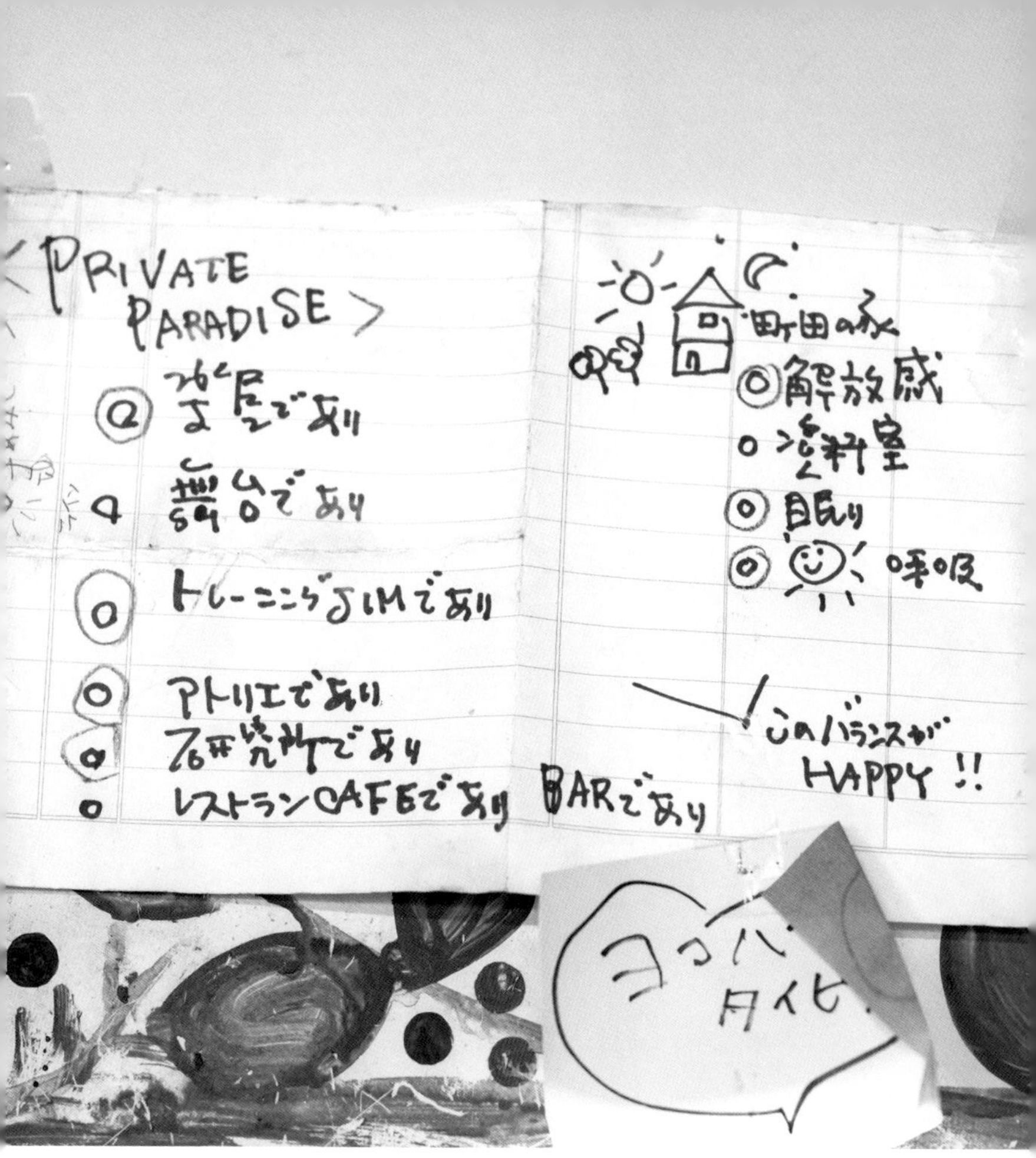

壁にはってながめています。

さん、お母さん、丈夫な骨をありがとう」って感じ。お母さんは、ビッグクリエイターよ!! と毎朝お礼をいっています。

本当に骨が丈夫で、手足が動けばなんでもできるので、それ以上求めないっていうのかな。宝石とか贅沢品なんてものも欲しがらない。

わたし、一番すごいのは人間の身体だと思っているの。目が見えたり、耳が聞こえたり、鼻で匂いを嗅いだり、そういうことができるのは〝億万長者〟だと本当に思います。

これらの部品をロボットで同じようなものを作ろうと思っても、何億円出してもぜったいできないっていうから、それはありがたいって心から思っています。

4

服はありあわせ

着るものはありあわせ

わたしの着るものって、本当にありあわせなんですよね。新しく買うってことはないんですよ。

パターンもだいたい決まっちゃってます。昔から好みが変わらなくて、白いブラウスとベストとスカート。昔はタータンチェックのスカートだったわ。

今は、白いブラウスとベスト、それに黒いスカートっていうパターン。

ブラウスは、同じようなパターンが5~6枚あって、洗って干して、洗って干して着てるわけです。しかも、冬と夏とで同じのを着て、そこに何かをプラスしたり取ったりするだけの違いなの。

海外へ旅行に行ったりすると、あとから写真をみるとインドでもニューヨーク

外を歩くと、
日々新しい発見があったりして、
新鮮な気持ちになれます。
街の変化って楽しいですよね。

でも同じような服を着てるから、臨場感に乏しいっていわれるんだけど。

一緒に行くお友だちなんか、トランクにいっぱい着替えを持っていって、おしゃれをして毎日着替えたりするんだけど、わたしはやっぱり、食べ物と一緒ですごくシンプル。

でもまあ年をとって、わたしも考えるようになったのね。若いときに、おさげもやってポニーテールもやって、それで白髪になってもまた同じ服で、というのはいかがなものかって。

膨らんだ袖、パフスリーブっていうのが昔から好きなんだけど、おばあさんでパフスリーブっていうのは、あんまり見たことがないから、「これからどうなるんだろうなー」って思うことはあります。

着るものはおもしろい

わたしは若いときから、派手な色の服は着ませんでした。

それは父の影響なんです。

父は警視庁の人だったから、目立つ格好をすることを嫌っていました。

たとえば、人から赤い傘をいただいたときもあまり喜ばないんですね。

夜、電車を降りて、駅を出てぱっと赤い傘をさす。そのときのことを、父は心配していました。目につくって。

地味で目立たないっていうことが、服装やモノに対する父の大前提だったみたい。

たぶんそれは、犯罪に遭わないようにとか、そういうことが絶対根っこにあっ

もしもし。

たんだと思います。口ではいわなかったけれど。

だから、白いブラウスに紺色のスカートとかだと、とても機嫌がよかったんですね。

だから、アーミーカラーみたいなのが流行ったり、ミニスカートが流行ったりしたときなんかは、苦い顔をしていました。

とにかく派手で目立つものはダメ。やっぱり危険な事件の現場ばかりを見ていたからでしょうか。それが癖になっちゃったっていうのかな。今でいう危機管理だったのかも。

だから地味にしていたのね。反動で派手なものを着たりとか、そういうこともなかったわ。

お食事にしても、「粗食で暮らしてきたから、たまにはゴージャスなものを」っていう発想がないっていうのか……。もともと地味好みなのかしら。

原宿は奇抜な格好の人が多いですよね。それはその子のアピールなんでしょうね。

外側が派手な子ほど、お話しするとおとなしい、という話があります。だから、何かを外側で爆発させているけれど、内面はおとなしいとか、おとなしい格好をしているけれど、内面は強いとか、そういうこともあるかもわかんない。

裏腹っていうのかな。どうなんでしょうね?

とにかくおもしろいですよね、着るものは。

古着が好き

今は古着の店が多いですよね。

原宿でも下北沢でも、古着の店には、安くて感じがよくて、着心地のいい服がいっぱいあります。

そういうところでは、500円くらいで上着を買ったりします。

古着は気味が悪くて嫌いだっていう人もいるみたいね。誰が着たかわからない、前に着ていた人の魂が……とか真面目にいう人がいるみたい。

だけどわたしは、誰が着たかもわからないものを着るなんて、すごく素敵だと思うの。

その人の人生まで生きるっていうか、バトンタッチしてる感じ。

売るからにはちゃんと洗濯をしてあるから、風合いにしても、新品よりも、ちょっとぐったりしてるのがすごく好き。

いずれにしても、わたしって本当にお金がかからない暮らしをしているんですね。学校のお友だちは、節約のセツコっていうあだ名をつけたりして(笑)。本気で節約しようなんて思ってないけど、自然と節約してるの。

世の中、お金儲けで、いろんなアイデアを練ったり、悪いことしたりする人もいると思うのね。人をだましたりとか。そういう人は、エネルギーの使い方がもったいないと思うのよ。

「遺産なしシューベルト」

「遺産なしシューベルト」って、かっこいいと思わない?

シューベルトがね、すかんぴんで死んだときに裁判所が書いたのが、「遺産なし」という言葉だっていうの。かっこいいわよね。それ、新聞のちっちゃなコラムにのってたのね。

誰よりもたくさんの美しい曲を作ったシューベルトが、死んだときは遺産がなくて、すかんぴんだったたっていうのよ。すかんぴんっていう言葉も素敵。芸術家はこうでなくては。

お気に入りのアナログレコードのバー「ボロンテール」にて。
お気に入りのお酒はボトルキープをして大切にいただいています。

85歳のタイピストはメイクもきっちり

以前、雑誌の記事で読んだんだけど、その当時、横浜に85歳の女性タイピストがいらして、そのお年で英文タイピストなのね。

その方はお仕事が大好きで、一生懸命に働いてたのね。メイクもきちっとして、マニキュアもして。

その雑誌の中で、インタビューの人から、「そんなに張り切ってお仕事ができるコツはなんですか?」って聞かれたら、こう答えていたの。

「わたしを雇ってくださる社長さんって、なんて立派な方でしょう。神様みたい」って。「だからわたしは、身だしなみをちゃんとして、おしゃれをして、英文タイプの仕事を朝から晩までやってます」って。

そんなことをいわれたほうは、こんなにうれしいことってないんじゃない？その相手の社長さんは記事には出てこないんだけど、そんな社員がいる社長さんはすごく幸せよね。お互いに。

ものは考えようよね。不平不満なんて、探せばいくらでもある。だけど「わたしを雇ってくださるなんて」っていう気持ちはハッピーハッピー。すごく印象に残ってます。

化粧するときに考えてること

京都かどこかでトークをしていたときに、「何か質問はありませんか？」って聞いたの。

そうしたら、「メイクをするときに何を考えてるんですか？」って聞いてきた方がいらしたの。

女の人の質問って、ほんとにおもしろいと思うわ。それで、「とりあえず朝起きたら、口紅をつけたり、ちょこっとメイクはするんですよね。いつ泥棒が入ってきてもいいように」って答えたら、みんな笑っちゃって。「何それ？」って。

宅配便の人なんかにも会わなきゃいけないけど、そんな人の中に泥棒がいるかもしれないからね。

泥棒が入ってきたら、「まあ、あなたも大変ねえ。お茶でも飲みなさい」ってお茶を淹れてあげて、「もうちょっとお金持ちの家を狙わないとダメよ、勘を働かせないと」って励まして、少しお小遣いをあげて帰ってもらうの。

どう？ おばあさんって余裕があるでしょ。「キャー」とか「泥棒だー」とか騒ぐと、相手も緊張するから危険なんだって。

そのとき、ちゃんとお化粧していうわけよ。

同時多発的な描き方。
壁いっぱい。

冷蔵庫の上にはアンティークな小物を。

おばあさんの映画

最近、不気味なアニメを観たの。

フランスのアニメーションなんだけど、おばあさんが鍋でスープを煮て、そこに生きたカエルをぴょろぴょろっと入れてね、それをツルツルッて食べるのよ。

だから、昔からおばあさんはバイタリティーがすごいのよ。

外国の人って、おばあさんがすごく怖くて、それがやっぱり不気味っていうか、あれは敬意を表してるのよね。魔法使いとか。

おばあさんと孫の組み合わせも多いんですね、外国の話には。

ロアルド・ダールという小説家の作品にも多いの。おばあさんと孫の物語がね。

ロンドンに旅行に行ったときに、本屋さんの中にロアルド・ダールの棚があって、今でもすごい人気なんですよ。思わず買っちゃった。

古い服は洗っては干して同じ服。

5

忘れてもオッケー♪

人の名前を忘れてもオッケー

人の名前なんて、忘れたって全然オッケーですよ。全部覚えてるなんて大変です。人数がすごいんだから。

「ぼける、ぼける」っていうけどね、お年寄りって、絶対的な情報量がすごいわけですよ、若い人よりも。もう密度がすごくて、脳にぎっちぎちに詰まっているんですね。だから多少削除する必要があるわけ（笑）。

密度がすごいから、少し忘れるようにして、神様が風通しをよくしてくれてるわけです。

だからね、人の名前を忘れても、あまり気にしないこと。

いろんな検査をしたり、脳トレとかしなくていいの。そういうことにガツガツしないの。

ゆるやかにね、「あらまあ、忘れっぽくなったわ。でも、ちょっとお昼寝したら思い出したわ」なんてね。

脳みそはとても不思議なのよ。

物忘れを楽しむ

わたしも忘れっぽくなっています。

何か書類を探してて、「あれ？　何を探してるんだっけ？」って。

あとは、老眼鏡を使っていますけど、ちゃんと置き場所を決めているのに、そこにないんですね。

それで「あら、どこに行っちゃったのかしら？」と思って、うろうろしてるうちに、何を探してるんだかわかんなくなる。

でも、探しものっておもしろくて、探してるものとまったく別のものが見つかっちゃって、発見の喜びを感じるの。

「あら、こんなところにいたの？　いい子ちゃん!!　よかった!!」ってことになるから、あまり気にしないほうがいいと思う。

何かをなくしても、別のものが見つかるんだから。これ、ほんとよ。

迷子になったら

よく聞く話に、認知症になったら、道がわかんなくなっちゃう、帰れなくなっちゃうっていうことがある。

これは大変よね。心細いと思うわ。

よく地域のアナウンスで、「黒いベストを着た80歳くらいの誰々さんが迷子になってます。発見した人は近くの交番に」とか聞きますよね。

今のところ、わたしにはそんな経験はないんだけれど、もともと方向音痴だから、やっぱり心配は心配よね。

映画を観る前は外が明るくても、映画を観終わったときに外が暗かったら、もうわかんないですね。逆のほうに歩いて行っちゃったりして。

若いときからそうでしたから、わたしって発達障害があるんじゃ

棚の上にはさまざまなものを積み上げています。
「あれ、どこにあったかしら?」なんて宝さがしみたいでしょ。

ないかと思うんですよ。

このあいだ渋谷の駅が大きく立派になっちゃって、もうわけがわかんなくてね。

そんなときは、駅員さんに聞くの。高齢化社会だから、年寄りが何か聞いても、今の若い人たちはものすごく親切なの。

「この階段を上がったところに改札口がありますから、そこを通って電車に乗ってください」

「え、この上に改札口なんてありましたか?」

「ええ、あります。改札口を通らないと電車には乗れませんよ」

「なるほど」

とかいっちゃって。

聞けばいいのよ、迷子になったら。

わたしはスマホとか持ってないから、歩いている人でも誰でも、日本語が通じる人に聞けばいい。

年寄りはね、何を聞いても恥ずかしくないの。

区役所とか市役所とかに何かの手続きで行ったら、係の人がすぐ飛んできてくれるわ。

「どういったご用件ですか？」

「それがわからないの」

「じゃあ現況届けですか？　なんとかですか？」

そんなふうに、向こうから聞いてくれる。

年をとった人の特権は、誰に何を聞いてもいいってことね。

みんな、名前が出てこない

人の名前が出てこないとき、ショック受ける人がいますよね。

そういう人って、まだお若いんじゃないかしら。

わたしの場合は、人の名前が出てこなかったりしたら、「あらあら、またそのうち思い出すわ」と思うようにしているの。

今思い出さなくてもいいのよ。よくあるんだから、こういうこと。「あるある」なのよ。

世間じゃ、いっぱいそういう人っているわよ。

だから、深刻に受け止めたり、悲観したり、「ああ、もうだめだ」と絶望したり、そういうふうにとらえないこと。まあよくあることだとか、世間ではみんなそうだってとらえるのね。

あと、そうなっている知り合いを思い出すのもおもしろい。「誰々さんも誰々さんもそうだから」って。「うん、別にわたしひとりじゃないし」って。

自分ひとりだったらけっこうショックだろうけど、もうみんなそうなんだから心強いですね。

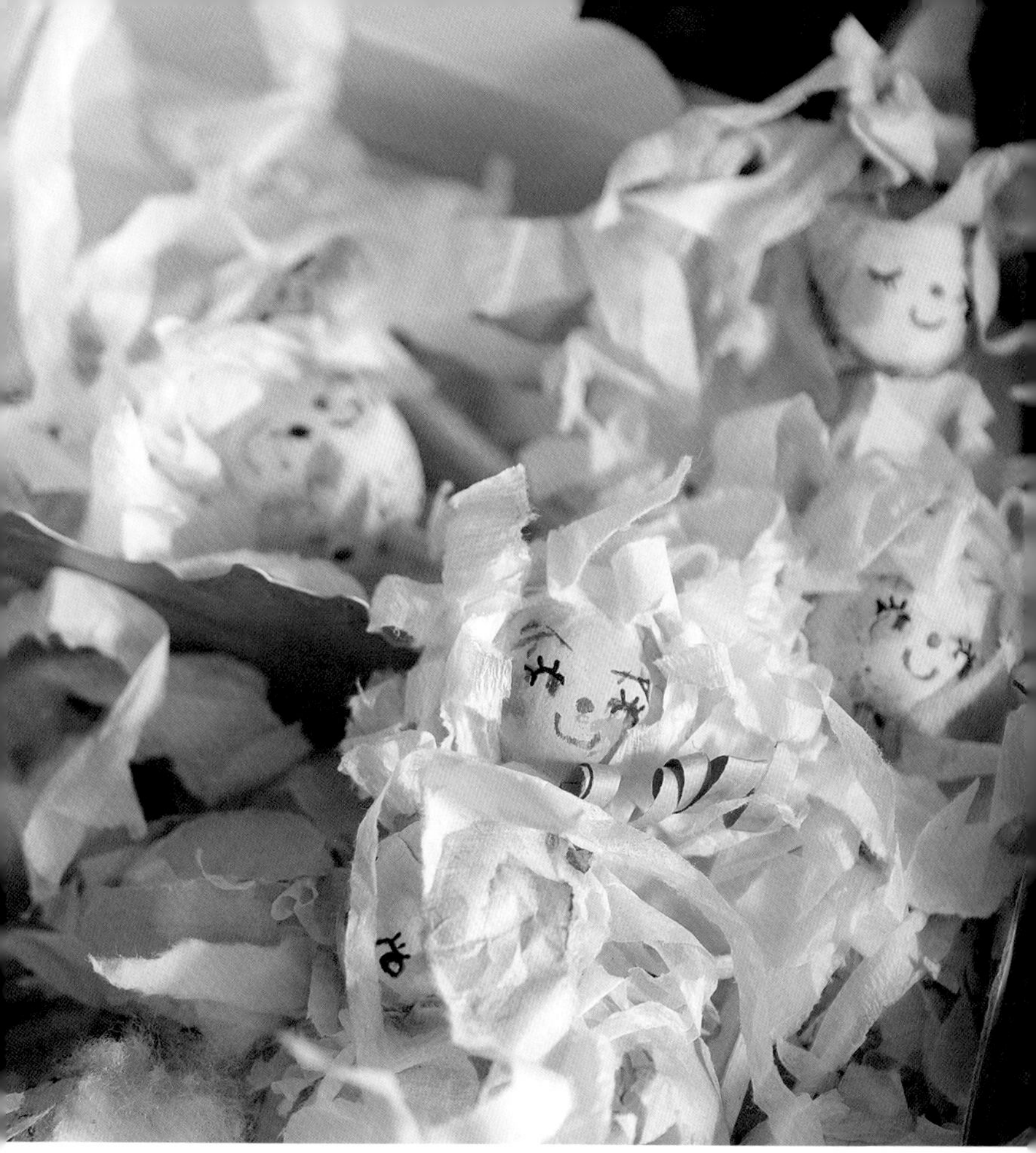

たくさんのお人形たち。
しあがりが楽しみです。
無造作に並べているけれど、ひとつひとつに愛着があります。

うららかになった

わたしの知っている人で、なんだか、うららかになって、話が届かないっていう人が何人かいるの。

あるとき、恩師の松本かつぢ先生が行方不明になられて、横浜のほうで見つかったことがあったんですね。

そうしたら奥様が、「お父様がとうとうぼけちゃったから、セツコさん、上田トシコ先生にそのことを知らせてほしいの」っておっしゃったの。

まさかぼけたとはいえないので、わたしもいろいろ考えて、「あの、ちょっと先生が、うららかになられたみたいで……」ってお伝えしたの。

そうしたら、上田先生がすごく喜んで、

「セッちゃん、うららかっていいね、わたしのときもそういって」っておっしゃったの。

そんなことで、ちょっとうららかになったくらいのお友だちは、何人かいます。

でも、ずっとうららかじゃなくてね、何かのときに思い出話などで刺激すると、ぱっと戻るんですよ。行ったり来たりするのね。

認知症っていうゾーンに入っちゃったからもうだめだ、っていうんじゃなくて、自由に出たり入ったりできるんだと思う。

これは脳が生きてる証拠ですよね。「新しいわたし、こんにちは！」って感じ。固定されているんじゃなくて、揺れて行ったり来たりする。これっておもしろいですよね。「あら、この前は全然わからなかったけど、今日ははっきりしてるわ」とかね。

だから、馬鹿にしたりしちゃいけないの。そのときだけなんだから。波があるのよ。そういう波が。急にピリッとするときだってあるんだから。

認知症になったからといって、一直線じゃないのよね。

認知症を楽しむ

認知症になることは、ある意味、アーティストになれるような感じね。解放されて自由になって、平凡じゃなくなった気がして、ふんわり生きること。

でも、どこか鋭いの。スパークして。ベッドの上はワンダーランド。寝たきりになったらベッドを楽しむ。これ、いいわね。

認知症はすばらしい。自由の国。自分で自分に「あらま。びっくり。新しいわたし、こんにちは」ってね。

「あらま。びっくり」って、新鮮に受けとめるってこと。自分の身に降りかかることをね。

認知症になっても、別に痛いとかそういうことはないし。病気だったら痛かったりするけど、そういうことじゃないですものね。そこがすばらしいの。

結局、まわりが「わーわー」いうのよ。

なんだか変だってことを、まわりが押しつけるの。だから本人は、きょとんとしてるの。自覚と違いますよね。ギャップがあります。

動物力を身につけてるっていうのかな。ほんと、本能的に生きられる。

意識が常識を超えてるっていうかね。

どこにでも住んでる

みんなで楽しく飲むのも好きだけれど、落ち着いた空間でひとりでゆっくりといただくワインも格別です。

ような、ピアノが弾けてるような感じかな。

だから、ラジオで音楽が聞こえてきたら、自分が弾いてるような気になっちゃって、うっとりしたり、指揮者になったふりも、すごく楽しいわ。

「あれは誰々が弾いてる、あなたが弾いてるんじゃない、あなたは聞いてるだけ」なんていわれても、そんなの関係ないのよ。「は？　何か？　違ってますか？」なんて♪

自由になれた

認知症になるってことは、悲しいことではなくて、自然なことだと思います。

あちこちきつく巻いてたネジがゆるんできて、自然な状態になってくることだと思うから、むしろ若いときより自由になって解放されるようなイメージを持ってるんです。

自由になって解放されるというのは、ある意味、アーティストの理想の姿だと思いますね。

どなたか偉い方の言葉で、「人間は生きてるだけで芸術家だ」という言葉がありますよね。それからすると、認知症になったら、もっともっと自由になって、細かいこと、たとえば責任感とか、締め切りとかを気にせずに、「解放されたんだ、ある意味アーティストだわ」ってわたしは思ってるんです。

だから、認知症の人をまわりの人が心配するのは自由ですけど、本人は、ありそういう人の顔色を見たりせずに、ありのままに、アーティストとして、「あ あ、わたし認知症なんだ」って思って、絵を描いたりして楽しんでいるんですよ。

日記なんてつけたら、さぞかし、とんちんかんな内容だろうなと思うんですけれど、それが楽しみなんです。詩人みたいで。そういう世界。過去と未来がごっちゃになったり、わくわくしますね。

ピアニストのホロヴィッツの奥さんって、「あーたね、70歳を過ぎたら、約束なんて忘れてしまってよござんす」っていう人なの。

お芝居でそういうセリフがあって、わたしは、すっごく気に入ってます。約束とか責任とかで、がんじがらめになって生きてますよね、わたしたちって。そういうのはもう自由に忘れていいってことよね。70歳を過ぎたらOKOK。

お年寄りには、すでに情報がぎっしり入ってるから、それ以上は入りきれなくて、削除する必要があるから忘れるんだって、わたしは思ってます。

これ以上情報が入りきれないの。山盛り、てんこ盛りなんですよ、お年寄りの脳内は。

本当はわかっている

ジャズプレーヤーの中村誠一さんのお母さまは、亡くなられたんですけれど、ご家族と離れて病院に入院してらっしゃいました。

それでわたし、仲がよかったので、「お母さんのお見舞いに行きたい」っていったら、誠一さんが、「うーん、たぶん、もう、わかんないと思う」っていったんです。

でもわたしたちは、「ジョルジュ・サンドファンクラブ」っていうのを作っていたの。お母さまが会長で、わたしが副会長で、会員ゼロっていう会を、二人でこっそり作ってたのね。お母さまはジョルジュ・サンドの本をすべて愛読してらっしゃいました。（ちなみに息子の誠一さんも大の読書家なのです）

だから、「たぶんわかんないよ」っていわれたけれど、横浜の病院にお見舞いに行ったんです。

立派な個室で眠ってらっしゃったわ。息子の誠一さんは入り口に立って、「ほら、もう全然わかんないんだ。ただ目をつぶってるだけなんだよ」なんていって。

でも、わたしがそばに寄って、「こんにちは会長、ご無沙汰してます」ってごあいさつしたら、お母さまは毛布をごそごそさせて、そこから手をそっと出されてね、にこって笑って握手したの。

誠一さんは、「えー、おふくろ、わかるの?」って。お母さまはにこにこしてわたしを見たの。そして、わたしの手を握って、うれしそうにその手をゆすぶったの。

誠一さんは本当にびっくりして。

だから脳ってとても不思議。ぼやけたり、一部分がすごくスパークしたり。

帰るときに、「じゃあ会長、またまいりますので待っててね」っていったのよ。にこって笑って握手して。

たぶんこういう話は、世間にざらにあると思う。

家族が「もうおふくろ、ぼけちゃってんですよ」なんていうなんて、ちょっとちがう。

実はちゃんとしてて、みんなの話もちゃんと聞いてるのよ。頭もいいし、「なに馬鹿なこといってんの」って思って聞いてるかもしれない。

それから、賢い娘や息子が、「おふくろ、しっかりしなきゃだめだ」とか、「あんなにてきぱきしてたじゃないか」とか、「さっきもう食べたじゃないか、また食べるのか」とか、「よく噛んで食べるんだよ」とかいうじゃない？

それって、大丈夫なのよ。ちゃんとご本人もわかってて、しゃべらないだけなの。

心の中では、「何を偉そうなことといってんの。あんたたちを育ててあげたのに、自分ひとりで立派に育ったと思ってんのかしら、ふふふ」ってね。

お母さんが考えていることはよくわかります。「あんたたちも年をとればわかるわよ」って思ってんのよ。

ぼけた人は褒める

よく、ぼけたら悪さをするっていいますよね。

汚いものをくっつけたりして、いたずらをするお年寄りに困ってるという話を聞きます。

わたしは勝手にこう解釈しているの。ストレスが溜まってるから、そんなことをしちゃうんだって。

ストレスを溜めないためには、叱りとばしたりしないで、褒めて褒めて褒めまくることよ。

息子さんが、「母にいちいちいわなくたって、わかってるからいいんじゃな

かわいい人形たちです。

い？」っていうのね。でもそうじゃないの。ちゃんと口に出して褒める。「おふくろ、さすが！」って。そうすると、脳内の血流がよくなって、すごく元気になっちゃう。点滴より効くくらい。

小言ばっかりいうから、ストレスが溜まって、悪いことをするの。だから、褒めまくってると悪いことなんてしないのよ。

ぼけは仕返し

ある人がスーパーで、おばあさんのお年になった母親と、その娘さんらしい二人を見かけたのね。それでその娘さんが、ものすごく母親を叱りつけたりしていたらしいの。

「そんなことやんないの！　ちゃんとやりなさいよ！」とかいってたみたい。

馬鹿みたいね。そんなのだめよ。

きっと娘さんは、「厳しくしないと、本人のためにならない」と思ってるんだろうけど、それは大間違い。

どなっちゃだめ。そんなことをしたら、お母さんは仕返しします。うんちでもなんでも投げつける。

やることに辻褄が合ってるの。子どもは親に褒められて育ったけれど、親は子どもに褒められるチャンスなんてなかったのよ。

だから、寝たきりになったら、もうすごくいいチャンスだから、いっぱい褒めるといいの。恩返しのビッグチャンスですから。

ぐじゃぐじゃいったら、「さすが！」って短い言葉で褒める。「おふくろ、助かる」とか。そうしたら、本人は喜んで、ほっぺたが赤くなるの。

わたしは、うちの母を褒めまくってきたわ。

「お母さん、たいしたもんだと思うわ。編みものもできて、みんなの服を縫っ

Wel'Come
SEE MORE GLASS

好きなものに囲まれた落ち着く空間で、
イラストのアイデアがわいてきます。

て、着物をくずして服を作って、すごいと思う」っていったのよ。

母は元気なとき、キャリアウーマンという言葉がなんとなく大っきらいだったの。なんだかムカついてたらしいの。きっとえらそうに聞こえたのね。

でも、年をとったら、このときとばかりに、「あんなにいろいろできて、子どもも育てて、お母さんてほんとにキャリアウーマンね」っていったの。

そうしたらすごくニコニコ。

家族がそういうふうにして、プライドを満足させてあげるといいのね。

ベルサイユ宮殿のお姫様

うちの母が、よその人にお下の世話をさせるのが嫌だっていってたの。

「ああ嫌だ、こんなことを人にお世話をしてもらうほど、長生きしたくなかった」って。

わたしも苦肉の策で、「お母さん大丈夫。ベルサイユ宮殿のお姫様なんか、なんでも召使いにやってもらっても平気なのよ。『よきにはからえ』っていっていればいいの」っていったら、とても機嫌がよくなったの。

でも、しばらくしたら、「お姫様は、子どものときから慣れてるからいいけどさ、わたしは……」っていうの。

だからわたしも、「お母さん、さすが！　よくそこに気がついたわね。すごーい」っていったのよ。

なんでも褒めるのが大切なのね（汗）。

玄関の鏡にも
絵を描きました。

6

年をとるのはおもしろい♪♪

年をとればわかる

どうやったら年をとることが楽しくなるのかな?

誰にとっても、年をとることは初めてで、未知の世界なんですよね。

大雑把にいえば、楽しみっていうか、興味があるっていうか、今までの自分が年をとってどうなるのかしら、と興味がわいてくるの。

おもしろいとか、冒険的っていうのはいいすぎだけど。

あまりがんばって、若いときみたいに元気でいようとか、そういうんじゃなくて、「年をとると、どうなっちゃうのかしら?」っていう興味を楽しむっていうのかな。

とにかく、誰もが、おばあさんになるのは初めてなんですよ。

今までなったことがなくて、世間でいっぱい見てはいるけど、そういう仲間になるんだってことよ。

若いときにわからなかったことが、いろいろわかるようになっておもしろいんじゃないかって思うの。

わたしの母は97歳で亡くなったんだけど、若い人が失礼なことをいったりしたら、「あなたも年をとればわかるわよ」って、ひとこといいたいといってたわ(笑)。

年をとったと思う年齢

みなさん、いくつくらいになったら、年をとったって思うんだろう?

たぶんそれは、人それぞれじゃないかしら。

いつも使うキッチンの戸棚。
ちょっとしたイラストのアイデアになりそうなものや
気づいたことを書き留めたメモを貼っています。

<PRIVATE PARADISE>
トレーニングJIMであり
BARであり
HAPPY
解放感
遺産なし。
ITALIAN BAR
POLLO PORRO
<アートシーン>

わたしだと、29歳くらいのときに一番年を気にしていました。「あー、もうどうしよう。29歳になっちゃった。来年は30歳だって」と思った。そのころがすごく敏感でしたね。

「25歳を境に」っていいませんか？　お肌の曲がり角。世間がそうやって気にする。

なんていうか、ハードルを決めてたんですね。ハードルを決めてたから、25歳を過ぎたら、お友だちとも、お肌の曲がり角なんていってたんですよ。27歳から29歳くらいになったら、今度は結婚適齢期。もうこれを逃したら大変だみたいな。

わたしなんか、仕事をしてると、出版社の編集の男の人たちが、「セッちゃん、まだそんなことしてるの？　だめだよ、早く結婚しなきゃ」なんていって。「はいはい、締め切りが忙しくて」っていったり、「責任感が強くてなかなかできないの」っていったり、「ひとりに絞れないの」っていったり……。そんな冗談をいっていました。

とにかく、29歳のときは気にしてましたね。

30代になると、大台に乗ったとかいうんですよね。

30代は開き直りというか大人という意識がありました。

それに、昔はウーマンリブとか、いろいろと女の人ががんばっていて、アメリカ人とか勇ましかったですね。

30代は充実していて、若くもなく年寄りでもないすばらしい時代でした。すごく楽しかった。

だんだん自分もしっかりしなきゃとか。なかなか30代は元気でよかったわ。

若いときはいろいろ悩みがあるし、おセンチになったり、デリケートだったりしたのに、30代になったら落ち着きが出てきたみたい。

40代以降は……50代、60代、70代って、ずっと続いていて、自分では意識しないけれど人が意識する。女性よりは男性が年を気にするんですよね、女性の年を。

わたしと誰かがしゃべってると、男の人が、「さっきの人、何歳?」って聞いてきたりして。

わたしは人の年とか気にしないので、「何歳だかわかんないけど、20から100のあいだじゃない?」っていって(笑)。

年齢については、人が気にするほどわたしは気にしなかったの。

年齢って、誕生パーティーで、自分以外の人が意識するみたい。

50代を過ぎると、人が気にするほど本人は気にしないっていうわね。面白いわね。人のほうが気にしてくれるけれど、本人はそんなに気にしないんですよ。

気にしないふりをしてるんじゃなくて、本当に気にしてないの。

それで、いつの間にか80代になってて、もう笑っちゃって。

高校のお友だちとも、「ねえ、セーラー服を着てたのが昨日かと思ったら、もう80代よ」って笑っちゃったり。けっこう本人たちは気にしてないわよ。

机の上の森林地帯。

開き直りかなあ。自分でもわかんないけど、なんで気にならないのか。

仕事とかなんとかで忙しく過ごすと、年を気にしていられないっていうか。

まあ、冗談で気にしたりすることはあるけど。

本人はそんなに気にしてないんだけど、人のほうが気にしてるわね。今でもね。

コロナがどうとかいうじゃない？　高齢者がどうのこうのって。あまり外に出ないほうがいいとか。まわりが気にしてるけど、本人は全然気にしてないの。

ギャップがあるのよ。本人が気にしてまわりが気にしないって、若いときはそうなんじゃない？　若くていいわねっていわれても、本人は、「えー、若くていいなんて思えない。若いから楽しいなんて思えない」って、ギャップがありますよね。

年をとったら、人が気にするほど本人は気にしてないのよね。

とにかく、29歳のときに大台に乗ったと思ったの。そのころのままね。

毎年毎年、まじめに年齢のことを考えたりはしないわね。

年をとるのを怖がらない

年をとることを怖がらないほうがいいと思います。どうしてかっていうと、あたり前のことだから。

そう、本当にあたり前のことなのよ。

怖がると細胞が縮まって、息苦しくなって、ろくなことはない。とりあえず、「それが何か？」「わたしはそこにいません」って思うようにするの。

「ノンシャラン、セラヴィ～」とかあるじゃない？「それが人生ですもの」とかいっちゃって、きどって受け止めればいいと思うのよ。

初体験を楽しむ

年をとったら寂しいとかわびしいとかいうのは迷信ですから。そういうふうにいい伝えられてる部分があると思うんです。

本当は、初体験の新しいワールドに入っていくわけで、大いに楽しむべきだと思います。

わたしは、おばあさんになるのは嫌だと思わなかったの。

おばあさんを見てると、なんだか怪しいような怖いような、不思議な存在だなって、子どものときから思ってました。

貫禄もあるし、おもしろいなって。

おばあさんじゃないとわからないことがいっぱいあると思うし、おばあさんは

殺風景になりがちなおトイレも、
木のイラストを描いて
リラックスできる空間にアレンジしています。

生まれつきおばあさんではなくて、若いときからだんだんおばあさんになってきたわけじゃない？

それって、すごく経験を積んでるってことだから、ありとあらゆる世代の女の人のことがよくわかるわけよね。

老化はあたり前

年をとることが嫌だとかつらいとかいう人がいるけれど、わたしはそれが不思議なの。
年をとるのはまったくあたり前のことなのにね。
これって、若いときからずーっとつながってるわけじゃない？
それなのに、年をとることが急に嫌になる。それってなんだか年を差別してるみたいじゃない?

たしかに、目が見えなくなったり、歯が抜けたり、手が震えたりって、みんな内面ではつらいと思うよね。

でも、それらはみんな初めてのこと。だからわたしは初体験ととらえるの。「あらま。びっくり」ですよ。

「あんなに速く歩けた人が、こんなにつまずいちゃって、びっくりしちゃう!」っていうふうに、新鮮にとらえる。

そして、そういうふうになったときの自分に興味を持ってみるの。

こないだまでの元気な自分とは、ちょっと違うところに踏み出したのよ。冒険の旅に踏み出したわけ。

そうやって新鮮にとらえる。できなくなることをね。

楽しむっていうと少し極端で、「そんなのありえない」とかいわれちゃうかもしれないけれど、まあそれも楽しめたらいいわね。

なにしろ、おばあさんになるのは生まれて初めてのこと。何回もなってないから初体験なのよ。

おばあさんになったら、毎日毎日、若いときには知らなかったことを体験して学習することになる。

それを嫌なことだとは思わない。

今まで、経験と体験をいっぱい積んでるわけじゃない？　だからそれをトランプのカードみたいに、いろいろとうまい具合に使って楽しく生きぬく。だから、年をとって不自由になったりすることも、ほんとは楽しめれば一番いいのよね。

わたしは、ステッキをつくことが楽しみなの。もう旅行先でずいぶんいろいろ買って集めてます（笑）。

フタをあけるとひみつのメモがいっぱい。

老化は怖いか？

老化は怖いか、怖くないか？

老化は、怖いと思ったらきりがないっていうか、あたり前だと思いますから、あらためて怖いとは思いません。

誰でも子どものときから、人はみんな老いて、おじいさんやおばあさんになっていくって見てますよね。

だから、それをあらためて怖がるっていうことはないと思います。

わたし自身は、老化について、あまり厳密に自分をチェックしないから気づかないですね。

自分に対して、評価やチェックを厳しくする方もいると思うんです。シワが増えたとか、疲れやすくなったとか、足腰がどうとかって、気にする方もいるとは思うんです。

でもわたしの場合は、基本的に、朝起きて手足が動いたら「ああよかった、

ラッキー!」と思うような感じ。

「ああ、もうお腹がすいて、ものが食べられる。噛んで、ごっくんと飲めたら、

わあうれしい」と思う。

だから、あまり老化に対する点数は辛くないですね。なんかね、すごく点数が

あまいんです。自分の老化に対して。

まあいいんじゃない、というスタンス。

ひとことでいえば、楽天的っていうか、のんきに考えるというか。

しょうがないって思うし、あたり前だと思うから、驚かない。

階段で転んだとか、脊柱管狭窄症になってギブスはめたりとか、いろいろ、こ

れからあるかもしれない。

でもそうなったら、「あらまあ、しょうがないわね」みたいに、なるべく楽天

的に考えるように自分をしつけています。

もうひとりの自分がサポーターみたいになって、自分をしつけているわけです。

いつからおばあさんになる？

いつから人はおばあさんになっていくのかな？

やっぱりそれには個人差があると思います。

中学生くらいからおばあさんになった人もいるのよ。わたしのクラスに「おばあちゃん」ってあだ名の子がいたもの。メガネをかけていてね。かわいいの。

自分がおばあちゃんって思ったりしたら、みんなからもそう思われたりして。

一方で、人から「おばあちゃん」っていわれても、本人がそうならない人もいる

編集者の本田さんと歩きながら打ち合わせ。
街のなかを歩いていると、
お互いによいアイデアがわいてきます。

し。

　おばあさんも、若ければ「おばあちゃん」っていわれてもかわいいんだけど、すれすれの70歳くらいから「おばあちゃん」っていわれるのは、なんだかいじめみたいね。

　どうなんだろう？　やっぱり「呼ばないで」って感じよね。

　介護の人も、「おばあちゃん」っていったらだめなのよね。「○○さん」っていわなきゃだめなの。ちゃんと名前があるんだから。

　いつからか勝手に「おばあちゃん」って呼ばれたら嫌よね。なんだかレッテルを貼られたみたい。きっと喜ぶ人はいないよね。

　自分が若くて、それが冗談になればいいけど、マジでガチだったら嫌じゃない？

「おばあちゃん」という呼び方は、ほんとに不思議ね。こういうこと、今まで考えたことがなかったわ。こんなにおばあさんのことを楽天的にいってるのにね。

　無理をしてでも、「おばあちゃん」じゃなくて、名前で呼ぶのがいいのかもしれないわ。結論としてはそういうことね。
外国でも多分そうよ。名前がいいんじゃないかな、平和的で。

レコードっていいですね。

トコトコトコ。

もし豚に生まれたら

わたしたちって、たまたま人間に生まれてきたわけですよね。偶然なのよ。自分の意思じゃなくて、お父さんとお母さんの都合で生まれてきたわけよ。

もし豚に生まれたとしたら、今頃はトンカツになって、キャベツのとなりに寄り添ってるかもしれないじゃない？

人間って不思議なめずらしい生きものだと思うのね。そんな生きものに生まれたっていうだけで、すっごくラッキーだったと思うわけ。

だからのんきに考えて、おもしろがって、めずらしがって、「へえ、人間ってこうなんだ」って思って生きていけばいいと思う。

すごくめずらしくて、変わった才能を持っている不思議な生きものだと思うから、あまり欲張らなくていいんじゃないかな。

どこかの映画で、「偶然のギフトだと思う」っていうセリフがあるのよ。突然「人間」っていう贈りものをもらっちゃったっていう。

楽天的に、楽しんで生きるのがいいんじゃないかなあと思う。あまり深刻にとらえていると、もったいないと思うの。

悩んだりするのは個人の自由なんだけど、あまり深刻に悩んで、自分がくたびれたり、やつれたり、ひがんだり、マイナーな人になっちゃうと、せっかくの贈りものが、カビが生えたみたいになっちゃうわけ。

だからすごく無邪気に喜んで、「なんだか知らないけど、へんてこな贈りものをもらっちゃった」って受け止めたらいいんじゃない？

幸せ100個リスト

わたし、「幸せ100個」っていうリストを作っているの。

まず首を上に伸ばす。それから手を水につける。気持ちいいのよ。手には数えきれないくらいツボがあるの。冷たい水につけて、それからあったかいお湯につけると、全身に響くんですよ。漢方薬のように効くわけ。

コーヒーの香りを嗅ぐ。鏡に笑いかける。

お得意の歌をワンフレーズ。今わたしが凝ってるのは、讃美歌の「いーつくしみ深ーきー友なるイエスはー♪」って歌。気持ちよくなるのね。クリスチャンでもなんでもないんだけどね。あとは「Alice In Wonderland ♪」。

パチパチとまばたきをする。舌をぺろーっと出す。拍手をする。手の刺激が全身に伝わりますからね。お湯を沸かす。お湯を沸かすと、やかんの口から湯気が見えるの。すごく心に安らぎを与えてくれる。ときめくわね。

お茶を淹れる。お昼寝のときにアイマスクをする。まあこれはどうでもいいけど。ハチミツをちょっと舐める。

夕方5時を過ぎたらお酒を一口。柚子の皮をちょっとかじったり、匂いを嗅いだり。郵便局へ行く。郵便局で働いてる人を見るのはとても気持ちがいい。切手はお値段が安くって、すごく遠くのほうまで運んでくれる。市役所に行く。市役所の人の地味なお仕事ぶりを見て励みにする。

図書館に行く。本がいっぱいある。本の中から、いろんな人が話しかけてくれる。そして図書館の机と椅子があるところは、おしゃべりしちゃいけないので、寡黙なお友だちがいっぱいいる。

映画館に行く。カフェで人々を眺める。八百屋に行く。新鮮な野菜に呼びかける。雲を眺める。玉ねぎを刻む。リンゴの皮を剥く。リンゴを一口かじる。

歯をみがく。歯をみがくのは馬鹿にならないの。歯ブラシで歯茎を刺激することは脳にいいし、顔の表情、美容にいいんです。

猫をなでる。鉛筆を削る。鏡をみがく。鏡をみがいてツルピカにするとお部屋もきれいになる。お皿を洗う。あぶくを立ててお皿を洗ってお水で流すと、精神的にすごく気持ちがいい。

気になったことは「ごめんなさい」と電話をする。ぐちゃぐちゃ考えてないで、あっさり謝ると、「えー、そんなこと気にしてなかったのにー」といわれて、両方ともニコニコ。同様に、「ありがとう」をケチらないでいう。

マニキュアを塗る。アイロンをかける。アイロンをかけると気持ちのシワも伸びる。

テレビを見る。朝早くから、コメンテーターの人はちゃんと勉強してしゃべっているので、びっくりします。

空を見る。針と糸を使う。たまに使うと気持ちが落ち着く。

メールの時代だけど、わざわざ手紙を書くと、エレガントな気持ちになります。スポーツ中継をテレビで観ると、自分の筋肉も刺激される。

虫眼鏡でいろんなものを覗くと、驚きがいっぱい。庭の苔なんかを見ると、森のように見えてとても新鮮な驚きが。手や足と目が合ったら、「ご苦労様ねえ」とあいさつする。

コンビニを楽しむ。コンビニの中をお散歩して、「あら、こんなもの売ってるんだ。メーカーの人って、いろいろ工夫するのねー」と感心しながら、今まで食べたことのないようなものを買ったりして楽しむ。

工事現場を観察する。わたしはよく工事現場を観察するんだけど、工事をしてる人たちは職人技っていうんですかね、もういろんな道具を使っててきぱき働いているんです。レンガとかタイルをぴっちり貼ってるところなんかを見ると、「こんなにカーブしたところによく貼ってるなあ」と思ったり。「サインをしたらアートじゃん」って思うようなことがいっぱいありますね。個展の会場なんかに出せば作品になるようなものを、職人さんたちが、ちゃっちゃとやってますよ。

絵の具屋さんに行っていろんな絵の具を見るのは、ティファニーに行って宝石を眺めるみたいで、とっても素敵。

モーツァルトやショパンのピアノのCDをかけると、とたんにお部屋が輝きますね。

新聞を読む。新聞はわたしにとって家庭教師。自分に常識がないので、朝と夕方に家庭教師が来てくれると解釈しています。

パセリの葉っぱ、セロリの葉っぱ、シソの葉っぱは、ちょこっとかじると、全身がさわやかになります。眉毛を上げて目玉をぱちぱち。これは、有名なフィギュアスケートの選手がコーチにいわれたことで、全身の疲れがとれます。

鏡にあいさつ。「お元気ですか？　うれしい。ありがとう」。

メガネをみがく。ベランダで深呼吸。ポストに「ありがとう、ご苦労様」とあいさつする。とかなんとか、いっぱいあるの。

これは、日々いくらでも増えます。こういうことが、年をとると楽しくなるんですね。これはいくらでも見つかりますから。100でも200でも見つけて、楽しんでいただきたいです。お金もかかりません（笑）。

P.S. わたしの最近のブームは〝ひとりごと〟です。そういえば、昔からおばあさんは、アリスみたいにひとりごとをぶつぶつつぶやきながら暮らしています。あらま。びっくり。どうしよう。へいきへいき。OKOK。大丈夫。あわてない。おちついて。などなど。話し相手がいなくても、話はいくらでもはずみます。

声に出して「あのね、それからね」と話をしていると、滑舌もよくなるみたい。

今、実験していますけどおすすめです（笑）。

〈あとがき〉

というわけで
ありのままの生活を
ご紹介させていただきました。
もっと、きちんと、ととのった
美しい生活をお目にかけるはず
だったのですが（笑）
どんな風に暮らすかは、
その人次才。その人の自由。
法にふれないかぎり、マイペースを
楽しみたいですネ!!
へんてこりんと思われても

それは、いわゆる"個性的"
ということで よろしく。

どうか
お元気で。
またお会いしましょうネ
興陽館 笹田社長さま
編集部長 本田道生さま
デザイン 鈴木成一先生
写真 後藤朋子さま
まことに ありがとうございました!!
♡ 田村セツコ。

［撮影協力］

ジャズバー

赤坂ボロンテール

絵本の読める小さな喫茶店

CAFE SEE MORE GLASS

（原宿シーモアグラス）

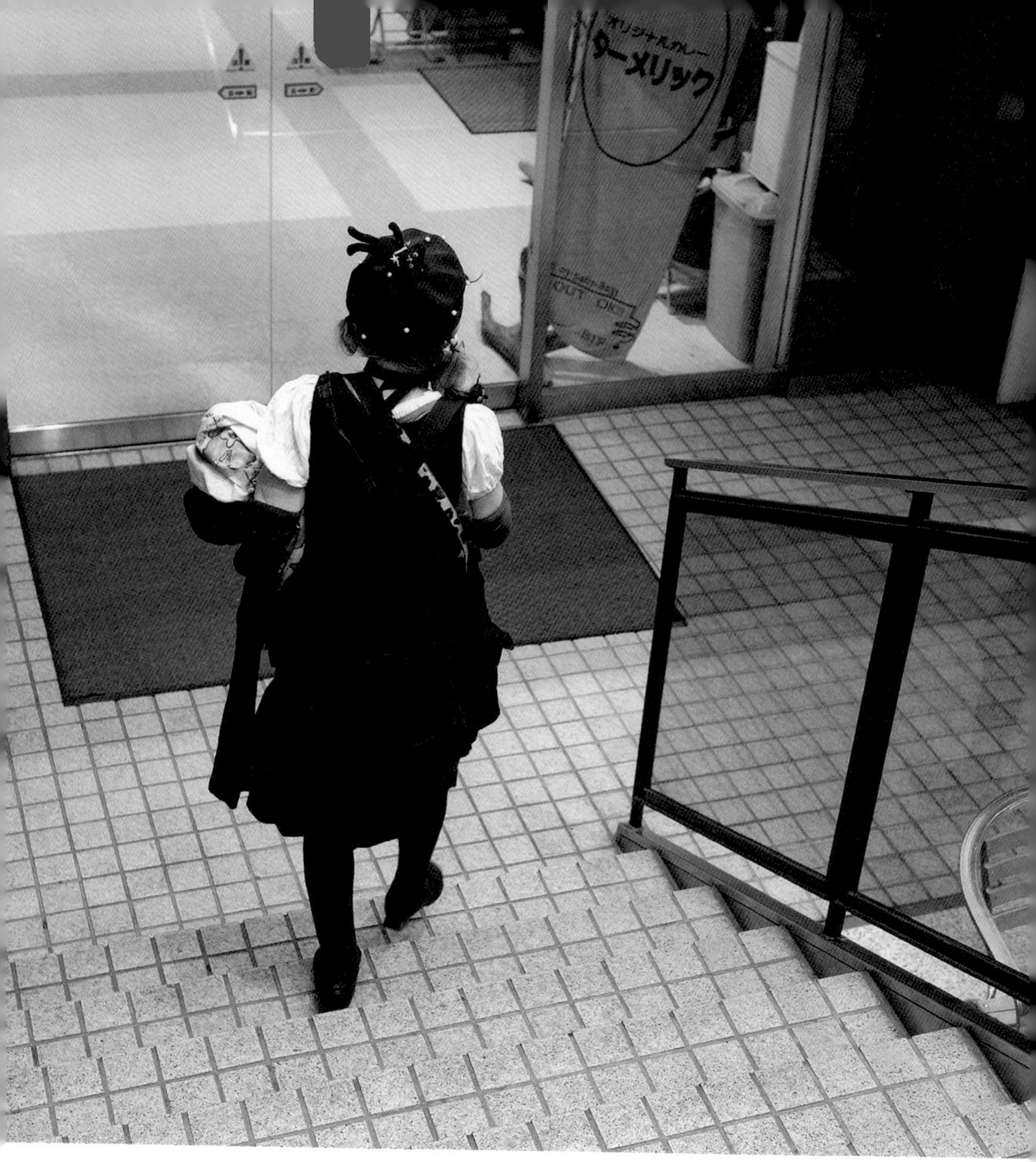

たくさんのお気に入りのものに囲まれて、
85歳の今もこれからも、
わたしの楽しいひとり暮らしは続きます。

85歳《さい》のひとり暮《ぐ》らし

ありあわせがたのしい工夫生活《くふうせいかつ》

2023年2月15日　初版第1刷発行
2023年3月15日　　　第3刷発行

著者
田村《たむら》セツコ

発行者
笹田大治

発行所
株式会社興陽館
〒113-0024 東京都文京区西片1-17-8 KSビル
TEL 03-5840-7820　FAX 03-5840-7954
URL https://www.koyokan.co.jp

ブックデザイン
鈴木成一デザイン室
大口典子(nimayuma Inc.)

写真
後藤朋子

校正
結城靖博

構成
新名哲明

編集協力
稲垣園子

編集補助
飯島和歌子+伊藤桂

編集人
本田道生

印刷
惠友印刷株式会社

DTP
有限会社天龍社

製本
ナショナル製本協同組合

ISBN978-4-87723-305-1 C0095